*Gegen Armut*

*Gegen Hass*

*Gegen Populismus*

*Gegen Rassismus*

*Gegen Antisemitismus*

*Gegen religiösen Fanatismus*

*Gegen politischen Extremismus*

*Gegen Verschwörungswahn*

*Gegen ökologischen Raubbau*

*Ich bin von Kopf bis Fuß dagegen. Punkt.*

*Für die Freiheit*

*Für die Würde des Menschen*

*Für den Einklang der Menschen untereinander*

*Und mit Umwelt und Natur*

*Für Liebe, Akzeptanz und Toleranz.*

*Ich bin von Kopf bis Fuß dafür. Ausrufezeichen!*

*M. Rieger*

Matthias Rieger (Hrsg.)

# Die zerrissene Zeit

## Geschichten zur Spaltung der Gesellschaft

Anthologie

978-3-347-13670-0     (Paperback)
978-3-347-13671-7     (Hardcover)

Verlag & Druck: tredition GmbH, Halenreie 40-44, 22359 Hamburg

# Inhaltsverzeichnis

# Vorwort

Jede Generation hat ihre Bewegung. Wollten die 68er noch den Muff von 1000 Jahren beseitigen, zeigte sich nach der Flüchtlingskrise 2015 der Generationenkonflikt über den verantwortungslosen Umgang mit Flora und Fauna. Die Jugend rebellierte und verweigerte einmal die Woche den Gang zur Schule. Doch plötzlich konnten sie überhaupt nicht mehr in die Schule gehen, stattdessen war Homeschooling für die Schüler und Homeoffice für die Eltern angesagt.

Fridays for Future verstummte. Eine Bewegung, deren Ziele sinnvoll und erstrebenswert sind, auch wenn man sich über die Durchführung streiten konnte, wurde von einem Virus ausgebremst. Corona brachte (und bringt derzeit noch) tausenden Menschen den Tod. Wer aus einem Hotspot-Gebiet kommt, findet sein Auto mitunter zerkratzt vor, Zeitungen berichteten von vereinzelten Brandanschlägen. Menschen, die Corona hatten und nach der Genesung wieder auf die Straße gehen, werden angefeindet und bedroht. Und in diesem Trubel ermordete ein Polizist einen Schwarzen in den USA, #BlackLivesMatter wurde reaktiviert, Massendemonstrationen auf den Straßen Amerikas zeigen eine andere Spaltung der Gesellschaft: den Rassismus. Ich hegte die Hoffnung, dass dieser mit Barack Obama als ersten farbigen Präsidenten der USA zurückgedrängt werden würde, irgendwie scheint er jedoch noch mehr angestachelt worden zu sein. Der jetzige Präsident, sein Nachfolger mit Föhnfrisur und Vorliebe fürs Golfspiel, dessen Namen ich nicht schreiben mag, schüttet lieber Öl ins Feuer, um seine Anhänger hinter sich zu versammeln und den „Wir gegen Die"-Faktor zu verstärken. Zum Zeitpunkt der Entstehung dieses Buchs fürchtet er um seine Wiederwahl.

Genau dort liegt die Stärke der Populisten, welche auch in Großbritannien, Polen, Ungarn und der Türkei an der Macht sind. Sie emotionalisieren Debatten und verweigern den Dialog. Die Partei, welche in Deutschland den gleichen Ansatz verfolgt, teilt mit etwas Glück bald das Schicksal von NPD, DVU und Republikanern: Sie verschwindet in der Bedeutungslosigkeit. Bis dahin werden wir uns allerdings mit Hilfe demokratischer Mittel gegen die AfD zur Wehr setzen (müssen).

Antisemitismus, Rassismus, Armut und sonstige Spaltkeile der Gesellschaft ließen sich vermindern, wenn man einfach miteinander ins Gespräch käme. Stattdessen suchen sich Leute heute Gleichgesinnte, es bilden sich Grüppchen, diese spalten sich ab, treffen sich eventuell vermehrt im Internet, wo es dank Darknet zu einer Radikalisierung kommen kann. Und alles nur, weil der Mensch zu Angst vor Andersartigkeit neigt: Falsche Frisur, falsche Hautfarbe, falsche Religion, Angst vor Lesben, Transsexuellen und Schwulen etc. Verschwörungstheoretiker leisten dann noch ihren Beitrag, verbreiten alternative Fakten von alternativen Medien und setzen Meinungen auf eine Stufe mit wissenschaftlichen Erkenntnissen. Lieblingszitat: „Das wird man ja wohl mal sagen dürfen", ein Satz, einzig und allein dafür in die Welt gesetzt, um Grenzen des Anstands zu verschieben, die Kommunikation zu verschärfen.

Daher kam mir die Idee zu dieser Anthologie. Ich möchte Probleme belletristisch benennen, ohne mit dem Finger auf bestimmte Menschen zu zeigen. Daher danke ich an dieser Stelle auch meinen Autoren für die freundliche Unterstützung. Ursprünglich sollten es 15 Geschichten werden; allerdings haben mich am Ende zu viele überzeugt und Themen angesprochen, welche ich nicht unerwähnt lassen wollte, sodass es fast doppelt so viele wurden. Mir wurden allerdings mitunter Geschichten zugesendet, welche von Verschwörungstheoretikern stammen. Auch wenn ich die Spaltung der Gesellschaft dokumentieren möchte, habe ich mich dagegen entschieden, diese zu publizieren. Ich möchte alternativen Fakten und wirren Phantasien keine Plattform bieten, selbst wenn sie in fiktionale Texte gehüllt sind.

Die Texte sind nicht thematisch geordnet und folgen keiner Logik, genauso wie die Schicksale uns jederzeit unverhofft und ohne Logik begegnen können. Einige Autoren verarbeiten die Themen mit Humor oder zeigen zumindest einen Funken Hoffnung, andere öffnen ihnen die neun Pforten der Hölle, die meisten liegen irgendwo dazwischen.

Trotz der unangenehmen Thematik der Geschichten wünsche ich gute Unterhaltung bei der Lektüre.


Matthias Rieger                                              Senden,
01.07.2020

Verleger & Herausgeber

# Kaia Rose – Ein angemessener Umgang

»Das wäre ja noch schöner!« Meine Mutter schnaubte durch die Nase, wie sie es immer tat, wenn sie maximale Verachtung zum Ausdruck bringen wollte. »Nein, Schatz, diese Leute sind wirklich kein Umgang für dich! Such dir doch eine nette Freundin von hier. Das Nachbarmädchen zum Beispiel, die Brünette mit den lustigen Zöpfen. Sie schaut ohnehin immer sehnsüchtig zu uns herüber, wenn du im Garten spielst. Du könntest sie am Freitag nach der Schule einladen; ich backe euch einen Kuchen, und ihr macht ein richtig schönes Picknick auf der Wiese. Was hältst du davon?«

Aufmunternd tätschelte Mama meine Wange. Ich schluckte. Die blöde Ziege von nebenan war die Letzte, mit der ich den Nachmittag verbringen wollte. Sie redete über nichts anderes als Klamotten und Jungs und kam sich unglaublich toll vor. An anderen Mädchen ließ sie kein gutes Haar, die waren ihr höchstens als demütige Gefolgschaft gut genug. Dabei war sie nicht einmal besonders hübsch mit ihren Hasenzähnen, und sympathisch fand ich sie ganz und gar nicht.

Azra hingegen, die hatte das Zeug zu einer richtigen Freundin! Mit ihr war mir noch nie langweilig geworden, sie war immer für eine verrückte Idee oder ein geniales Abenteuer zu haben. Seit das zurückhaltende dunkelhaarige Mädchen zu Beginn des Schuljahrs in unsere Klasse gekommen war, steckten wir ständig zusammen. Wenn wir miteinander allein waren, verhielt sich Azra längst nicht so still wie im Kreis der Mitschüler, sondern ausgelassen und fröhlich. Gemeinsam heckten wir Pläne aus, die uns tagelang mit fieberhaftem Eifer erfüllten, und manche unserer Experimente erforderten einigen Mut.

Wie zum Beispiel damals, als wir gewettet hatten, welche von uns es länger durchhalten würde, in jeder Situation genau das zu sagen, was sie dachte – koste es, was es wolle. Es kostete Azra eine Ermahnung durch den Schuldirektor (sie hatte dem Geschichtslehrer trocken erklärt, dass sie seine Unterrichtsmethoden für völlig veraltet hielt), aber als wir an diesem Nachmittag das Experiment wieder und wieder Revue passieren ließen, lachten wir Tränen.

Oder als wir ausprobierten, welchen Effekt es haben würde, konsequent jede Frage, die an uns gerichtet wurde, mit »Nein« zu beantworten. Die Folgen waren desaströs – Handyverbot für mich, eine Strafaufgabe für Azra – aber der Nervenkitzel war es wert.

Ja, mit Azra hatte ich nach der langen Durststrecke des letzten Jahres endlich das große Los gezogen. Aber sie durfte ich ja nicht einladen, und als ich sie kürzlich spontan nach der Schule besucht hatte, war Mama unvorstellbar wütend geworden. Ich höre noch immer, wie sie mich mit vor Ärger schriller Stimme anbrüllte:

»Wie konntest du nur auf die Idee kommen, mit dieser Ausländerin nach Hause zu gehen? Wir wissen doch überhaupt nichts über diese Leute! Ich will mir gar nicht ausmalen, was dort für Zustände herrschen, solche Flüchtlinge haben ja ganz andere Vorstellungen von Hygiene als wir. Womöglich hast du dir eine Krankheit eingefangen! – Hast du irgendetwas gegessen bei diesen Leuten?« Sie beäugte mich misstrauisch.

»Nein«, log ich rasch, um es nicht noch schlimmer zu machen. »Ich hatte keinen Hunger.«

Aber mit dieser Ausflucht hatte ich Azra einen Bärendienst erwiesen.

»Was sind denn das für Manieren?«, erregte sich meine Mutter nun. »Einem Gast nicht einmal etwas zu essen anzubieten! Bei uns wäre so etwas undenkbar, aber diese Asylanten haben eben keine Ahnung von den grundlegenden Gesetzen der Höflichkeit.«

Ich seufzte. Das ganze letzte Schuljahr hatte ich mir ihr Klagelied anhören müssen, wie unfassbar es sei, dass ausgerechnet ein so intelligentes und liebenswertes Mädchen wie ich keinen Anschluss fände. Und nun, wo ich endlich eine Freundin gefunden hatte, durfte ich meine Zeit nicht mit ihr verbringen. Es war so ungerecht!

Aber meine Mutter hatte einen eisernen Willen. Wenn sie sich etwas in den Kopf setzte, war Widerspruch zwecklos. Inzwischen hatte sie Azra schon wieder vergessen. Aufgeregt eilte sie ins Schlafzimmer.

»Ich muss mich für morgen vorbereiten!«, rief sie mir über die Schulter hinweg zu. »Der neue Vorstandsvorsitzende stellt sich der Belegschaft vor, und ich möchte unbedingt einen guten Eindruck auf ihn machen. Er ist ein ganz großes Tier, ein richtiges Genie angeblich! Das letzte Unternehmen, das er unter seine Fittiche genommen hat, hat er vom Rande des Bankrotts zum Marktführer getrimmt. Jetzt setzen wir unsere ganze Hoffnung in ihn. Wenn es überhaupt jemandem gelingen kann, den Karren noch aus dem Dreck zu ziehen, dann sicher nur diesem Dr. Yildiz. Und er stellt sich wirklich persönlich der Belegschaft vor, will mit jedem einzelnen von uns ein paar Worte wechseln – kannst du das fassen? So etwas gab es noch nie!«

Sie zog ein elegantes dunkelblaues Kostüm aus dem Schrank und hielt es vor ihren Körper. »Soll ich das anziehen? Oder wirkt es zu streng? Hm, vielleicht kommt es zu konservativ rüber...« Sie raufte sich die Haare, mit dem Erfolg, dass ihr die sorgfältig gelegten Locken wirr vom Kopf abstanden. »Oder dieses? Wesentlich feminiener auf jeden Fall... aber womöglich hält er mich darin für eine aufgedonnerte Zicke und nimmt mich nicht ernst?« Das taillierte grüne Kleid verschwand wieder im Schrank, bevor ich einen Kommentar dazu abgeben konnte.

Ich lächelte still in mich hinein. Es war mir egal, was Mama morgen anzog. Aber vielleicht dürfte ich Azra zu mir nach Hause einladen, sobald Mama ihren Vater kennengelernt hätte.

## Marius Gugelberger - Eine Geschichte ohne Titel für Gesichter ohne Namen

Ich steige auf das Boot. Keine Ahnung wohin es geht. Hauptsache nach Europa. Hinter mir ist nur Asche und Staub. Die Bomben flogen mir um die Ohren. Sie haben meine Mutter geholt. Sie haben meinen Vater begraben. Lieber höre ich die prallenden Wellen, die das Boot fast zum Kentern zwingen. Ich muss, ich will einfach weg. Aber mir geht es gut. Ich habe noch alle Gliedmaßen, nicht wie meine Kollegen. Ihnen fehlt ein Bein, mal ein Arm, oder das Trommelfell.

Eine schwere Reise, mich versteht keiner, selbst wenn sie meine Sprache sprechen. Ja, das ist meine größte Angst, dass ich nicht akzeptiert werde, wie ich bin. Und ich bin ein Mensch.

Fleisch und Blut, zusammen steigen wir auf dieses Boot. Eng zusammen, ich spüre die Wärme und die Sorgen der Mutter neben mir. Sie weint, sie isst nicht, sie gibt alles ihrem kleinen Sohn. Ich bin noch traurig, wenn ich daran denke, wie man ihren toten Körper über Bord warf. Die Schreie des Jungen sind in meinem Kopf, er wäre beinahe hinter her gesprungen, doch wir konnten ihn stoppen. Die Fliegen kreisten, wegen des verwesenden Geruchs von Essen und totem Fleisch, über dem Boot. Die Stürme waren hart und die Nächte lang. Die Wellen waren hoch und die Sorgen groß.

Und nun bin da, in einem Land, in dem man mich nicht haben will. In der man mich an jeder Straßenecke anstarrt, anstatt mir den Weg zu zeigen. Ich will Deutsch lernen, habe die Sprache gelernt. Meine Zukunft, ich will für sie kämpfen, doch niemand kämpft für mich. Wie könnt ihr mich auch verstehen, das ist unmöglich, ihr sitzt vor dem Fernseher und beklagt euch über die vielen

Verbrechen, die nur entstehen, weil ihr mit Intoleranz an die Sache rangeht und voreilig urteilt. Helft mir. Ich will nur einen Funken Vertrauen und einen kleinen Hoffnungsschimmer für meine Zukunft.

Ich sehe über den Gartenzaun, ihr lacht, ihr feiert, mit euren Familien und ich gerate in Schockstarre, denn der sehnlichste Wunsch ist es, meine Eltern in den Arm zu nehmen. Nur einen Moment zu lange geschaut und nachdenklich reagiert, da wurde ich bereits angeschrieen. Mach das du Land gewinnst, doch ich freute mich, das es ein Land gibt, in dem ein friedliches Zusammensein möglich ist.

Ich stolpere in den Park, ein schöner Tag, den Wutausbruch hatte ich bereits vergessen, doch die Leute reagieren panisch auf mich. Die Eltern ziehen ihre Kinder zu sich, andere laufen einen Bogen um mich. Weil ich aussehe, wie ich aussehe? Weil ich anders rieche? Weil ich nicht jeden Tag eine frische Dusche genieße kann? Ich bin abgemagert, aber mein Herz schrumpft nicht, wie mein Bauch. Deswegen frage ich mich, warum behandelt ihr mich anders, obwohl es mir noch schlechter geht, als euch. Ich bin doch ein Mensch. Mein Brot würde ich sofort mit euch teilen, denn ich verstehe, was es heißt, ein Loch im Magen zu haben. Teilen wird doch in jeder Religion gepredigt, niemand sagt, dass das Essen für eine Nationalität bestimmt ist. Es ist für Menschen da und ich bin doch ein Mensch, oder nicht?

Die Wege, die ich in meinen Turnschuhen gegangen bin, waren weit und anstrengend. Ich hatte viele Verletzungen an meinen Füßen, doch die Leute werfen einen abschätzigen Blick auf mich, wenn ich meine Zehen in einen kühlen Fluss strecke und es genieße. Ihr macht das doch auch, warum ist bei mir dann eigenartig? Weil ich nicht euer Nachbar bin? Weil ich nicht deutsch rede? Weil ich eigentlich das Wasser fürchten sollte, nachdem die ganzen Wellen an das Boot schlugen?

Nein, ich versuche das Beste aus der Lage zu machen. Die Zukunft ist mein Ziel und mein Weg bedeutet es, euch zu zeigen, das ich ein Mensch bin. Fleisch und Blut, dasselbe pulsierende Herz, das fühlt, das leidet, das Erinnerungen mit sich trägt. Die Narben meiner Haut, ihr seht sie deutlich, doch woher sie kamen, seht ihr nicht. Splitter von Granaten. Herabfallende Gesteinsbroken. Die Raufereien vor dem Boot für eine bessere Zukunft. Nein, ihr müsst diese Narben nicht sehen, ihr müsst nur verstehen, dass ich ein Mensch bin. Ein Mensch, der in frieden Leben will.

# Daniel Mylow - Vier Wochen, drei Tage

Lauf. Lauf, befiehlt er sich. Das schweißnasse Hemd klebt an der Haut. Schwarz steht der Himmel über dem Wasser. In der Stille der mittäglichen See verschwindet die Landschaft. Jeder Luftzug schmerzt in seiner Lunge.

Das Unwetter bricht los, als er den Parkplatz am Hafen erreicht. Ein Donnergrollen legt sich auf die Wasserfläche. Die Luft wird schwer und kalt. Zu weißem Schaum aufgepeitscht dringen die Wellen in das Hafenbecken. Er ringt nach Luft. Die Bäume schwanken. Vom Wind durchleuchtet, ziehen sich Gebäude und Schiffe zu dunklen Schatten zusammen.

Im Auto kauernd umgibt ihn eine nahezu fühlbare Schwärze. Vor dem Lichtkreis der Scheinwerfer rennt eine Gestalt auf ihn zu. Taucht auf. Verschwindet wieder zwischen den Wasserwirbeln auf der Scheibe. Er startet den Motor. Jemand reißt die Beifahrertür auf. Schauertropfen kalten Wassers glitzern auf den Armaturen und seiner Haut. Der dunkelhäutige Junge neben ihm atmet schwer.

„Fahren! Fahren!", fleht er ihn an. Bevor er reagieren kann, explodiert eine Flut hellen Lichts vor seinen Augen. Ein Blitz zerteilt den Himmel.

„Wer bist du? Was machst du hier?" Seine Stimme überschlägt sich. Er widersteht dem ersten Impuls, den Jungen aus dem Wagen zu werfen. Irgendwer taucht vor seinem Fenster auf. Sein Fuß tritt das Gaspedal durch. Das Auto schießt nach vorn. Tintig schimmert die Luft durch ein Gewölbe aus dichtem Blattwerk. Am Ende der Allee hält er. Er beugt sich über den Jungen und stößt die Tür auf.

„Raus!"

Der Junge zögert. Dann verschwindet er zwischen Regenschleiern in den angrenzenden Wäldern.

Die Wohnung ist leer. Er duscht kalt. Die Lippen fest aufeinandergepresst, denkt er: Was jetzt. Hätte längst Meldung machen müssen.

Die Kacheln im Bad erinnern ihn an das Gebäude, in dem sein Sohn jetzt untergebracht ist. Von außen ähnelt es einem gefliesten Sarg. Er isst und hört Satie. Sein Sohn isst nicht. Er spricht nicht. Er spielt kein Klavier mehr. Mitten auf der Tournee hörte er auf zu spielen. Saß nur noch im Hotelzimmer und starrte die Wand an. Das Ende einer Pianistenkarriere, die im Alter von sieben begonnen hatte. Als niemand mehr einen Rat wusste, hatten sie ihn in die Klinik gebracht.

Eine lichtlose Nacht liegt vor den Fenstern. Am Klavier sitzend schläft er ein.

Ein dumpfes Pochen reißt ihn aus dem Schlaf. Müde bewegt er sich zur Tür. Der Junge steht im Hausflur. Er streckt ihm eine Brieftasche entgegen.

„Auf Boden. Im Regen", sagt der Junge.

„So, so", entgegnet er. Im gleichen Moment bereut er seinen Ton. Das Unwetter. Der Autoschlüssel in der Hosentasche. Seine hastigen Bewegungen. Er zögert.

„Komm rein."

Der Junge steht am Esstisch. Es tue weh, wenn er sitzen müsse. Die zweite Portion Spaghetti verschwindet in seinem Mund. In gebrochenem Englisch antwortet er auf die Fragen. Seine Worte sind wie flache Steine. Sie schlagen mehrmals in ihm auf, bevor sie ihr Ziel erreichen.

„Woher kommst du?", fragt er ihn.

„Sudan." Die Augen des Jungen leuchten. Er sei aus dem Lager am Hafen geflohen. Die Containerstadt der Illegalen, erinnert er sich. Nicht sein Einsatzgebiet. Warum?, fragt er. Der Junge weint. Die älteren Jugendlichen hätten ihn geschlagen. Ihm sein Geld abgenommen. Letzte Nacht seien sie zu dritt an sein Bett gekommen. Er verstummt.

Auf dem Sofa macht er dem Jungen ein Nachtlager. Er schließt die Tür ab. Morgen, das steht fest, wird er den Jungen seiner Dienststelle übergeben. Er schläft ein paar Stunden. Mehr schafft er nicht.

Einmal geht er auf den Balkon und raucht. Es ist still und leer. In glücklicheren Augenblicken hat er hier mit Nadja gestanden. War nicht leicht, diese Wohnung zu kriegen. Nadja möchte jetzt mit keinem Polizisten mehr verheiratet sein. Lieber lebt sie von Hartz IV. Sagt sie. Er weiß, dass sie mit dem Klavierlehrer ihres Sohnes ein Verhältnis hat. Reglos liegt er später auf dem Bett. Er wartet, bis es hell wird.

Der Junge fragt nicht, wohin sie fahren. Nervös schaut er auf die Straße. Als der Wagen auf den Hof der Polizeidirektion biegt, wächst seine Angst. Er zieht ein Messer aus der Tasche. Seine Hände holen aus. Lautlos rammt er sich die Klinge zwischen die Rippen. Der Wagen stoppt. Ungläubig starrt er auf den größer werdenden Fleck auf der Jacke des Jungen.

„Verdammt, was machst du?"

Er zieht ihm das Messer heraus. Fluchend rast er durch die Vorstadt. Einige Straßen weiter stoppt er vor einem heruntergekommenen Bungalow. Das Handtuch, das der Junge vor die Brust gepresst hält, ist von Blut durchtränkt. Hektisch drückt er auf die Türklingel. Ein älterer Mann öffnet die Wohnungstür, an der ein verwittertes Praxisschild klebt. Eine Alkoholfahne schlägt ihm entgegen.

„Kümmere dich um den Jungen hier. Ich hab noch was gut bei dir."

Er schiebt den Jungen in den Flur.

„Der bleibt erst mal bei dir. Und zu niemandem ein Wort, hörst du."

Der Mann nickt. Müde wischt er sich einige graue Strähnen von der Stirn.

Am Nachmittag sitzt er bei seinem Sohn am Bett. Er spricht. Der Sohn antwortet nicht. Er starrt auf sein Schattenbild an der Wand. Das Weiß der Erinnerung scheint wie ein Irrlicht auf und verschwindet wieder.


Der Arzt ist ein Freund aus alten Tagen. Die Wunde sei nicht tief, sagt er. Der Junge schaut ihn an. Später fragt er den Mann, warum alle Menschen in diesem Land so traurig sind. Doch er scheint zu begreifen, dass er erst einmal in Sicherheit ist.

Er schaut jeden Tag nach dem Jungen. Er hört seinen Erzählungen zu. Am Abend fährt er manchmal mit ihm zum Strand. Mit ausgestreckter Hand zeigt er über das Meer: England. Das Wasser spiegelt das flache Irrlicht vom Land.

Der Junge blinzelt. Irgendwo dort warte sein Onkel auf ihn. Das sei alles, was ihm von seiner Familie geblieben ist. In London arbeiteten viele Sudanesen. Er wird trainieren. Wenn er soweit ist, wird er durch den Kanal schwimmen.

Der Mann schüttelt den Kopf. „Das wird nicht gehen. Du kannst nicht einfach über das Meer schwimmen."

Der Junge sieht ihn an. Ein schmales Rinnsal läuft aus seinen dunklen Augen.

Am nächsten Tag trifft er Nadja am Bett seines Sohnes. Er erzählt ihr alles.

„Du bist verrückt. Du riskierst deinen Job. Deine Familie. Einfach alles."

„Was für eine Scheißfamilie?", antwortet er.

Sie legt ihre Hand auf die Stirn des Sohnes. „Satie", sagt sie geistesabwesend. „Du musst ihm Satie vorspielen. Dann lächelt er manchmal."

Er schläft noch weniger. Er läuft. Vor der Arbeit und immer wenn er den Jungen besucht hat. Einmal sieht er eine der Fischerhütten am Hafen offen stehen. Er spricht mit dem Fischer. Danach steht er eine Weile rauchend in der Stille der morgendlichen See.


Es ist eine Nacht an einem Montag im Herbst. Er weckt den Jungen. Vor ihm steht eine Reisetasche.

„Da drin sind Sachen, die ich dir gekauft habe.  Du wirst nach England gehen."


Das Schiff wartet am Hafen. Er überreicht dem Fischer einen Umschlag. Der Junge wird von kräftigen Händen an Bord gezogen. Er blickt auf die Uhr.

„Vier Wochen, drei Tage", sagt er zu dem Jungen. „Es gibt verdammt noch mal schnellere Wege, um nach England zu kommen."

„Ja, Sir", sagt der Junge. Er lächelt ihn an. Dann verschwindet er unter Deck. Das Boot taucht in das Wasser. Die Positionslichter verflimmern in der Ferne, als hätte man das Schiff in den Himmel versetzt.

# Sabine Reifenstahl - Ins Abseits gedrängt

Zum Glück wohne ich allein im ehemaligen Forsthaus am Waldrand, freue mich auf die selbst auferlegte Einsamkeit und mache währenddessen meinem Zorn Luft. Um nicht an der Wut zu ersticken, wettere ich lauthals auf der Heimfahrt und umklammere das Lenkrad krampfhaft. Sonst tangiert mich die Meinung anderer kaum, aber die abfällige Bemerkung jener langjährigen Kollegin über meine sexuellen Vorlieben verletzte doch. Homophobie bestimmt das Denken, ich teile die Gemüter in der Firma wie Moses einst das Rote Meer mit seinem Stab. Schwul und dazu noch AIDS-krank: Viele meinen, daran sei ich selbst schuld und bekäme, was ich verdiene. Gefährliches Halbwissen, Schubladendenken und Intoleranz begegnen mir überall. Trotz der Weigerung, davor in die Knie zu gehen, bin ich an den sprichwörtlichen Arsch der Welt geflüchtet.

Mit einem Blick aus dem Fenster suche ich nach Ablenkung, indem ich das Bild der unberührten Natur genieße. Die makellose Schneedecke wird vom ersten Grün durchbrochen, einzelne Frühblüher … Ich stutze, als mir etwas Dunkelbraunes ins Auge sticht, bremse verärgert und steige aus.

Ein wenig befahrener Plattenweg führt zu meinem Heim, immer wieder Schauplatz heimlicher Müllentsorgung. Ebenso oft entferne ich rissige Waschbecken, Farbeimer und noch unerfreulichere Dinge, will den alten Koffer schon packen, verharre jedoch irritiert. Er wirkt sorgsam drapiert, im rechten Winkel zur Fahrspur aufgestellt. Sein vom häufigen Gebrauch abgegriffenes Leder glänzt in der untergehenden Sonne, die angerosteten Beschläge leuchten auf. Um den Griff ist ein rotes Tuch gewickelt, mit dessen Enden der Wind spielt. Das Reisegepäck scheint am Straßenrand auf seinen Besitzer zu warten.

Ich beschließe, es ihm gleichzutun, zünde mir eine Zigarette an und setze mich auf einen nahen Baumstumpf. In knapp einer Stunde wird es dunkel. Sollte sich bis dahin niemand zeigen, fahre ich nach Hause und informiere sicherheitshalber die Polizei.

Fußspuren führen in den Wald. Vielleicht musste jemand kurz austreten und fürchtet sich nun vor mir. »Kommen Sie heraus, ich werde ihnen nichts tun!«, rufe ich und versuche, durch das Einziehen von Kopf und Schultern die zwei Meter Körpergröße und den Doppelzentner Gewicht zu kaschieren; erwarte nur halbherzig eine Reaktion.

Überraschenderweise tritt eine junge Frau hinter einem Baum hervor.

Langsam stehe ich auf, sie zuckt sofort zurück.

Als universelle Geste des Friedens strecke ich die leeren Hände vor. »Ich wollte lediglich sichergehen, dass alles in Ordnung ist. Brauchen Sie Hilfe?« Bei genauerem Hinsehen reime ich mir die Antwort aus der verlaufenen Schminke und den vom Weinen geröteten Augen zusammen. »Kann ich Sie irgendwo hinbringen?«

»Bitte fahren sie weiter!«

Ich glaube, einen osteuropäischen Dialekt zu erkennen. »Die Nacht bricht bald an. In der Stadt gibt es Unterkünfte …«

»Lassen sie mich einfach allein, bitte. Ich fürchte weder Dunkelheit noch wilde Tiere …«

»Aber Menschen? – Ich tue Ihnen nichts!«

Die Fremde zuckt mit den Achseln.

»Für die eisige Nacht ist Ihr Jäckchen ungeeignet.« Ihr gequältes Auflachen jagt mir einen frostigen Schauer über den Rücken. Das Geräusch erinnert an rostiges Eisen, über das Freddy Krüger seine

Klauenhand zieht, die folgenden Worte verstärken den Eindruck. »Ich bin, wo ich sein will. Hier ist Endstation!«

Meine Gedärme knoten sich zusammen, ich wäge die Möglichkeit ab, sie zu ergreifen und zur Polizei zu schleppen. »Nichts kann so schlimm sein ...«

»Sie haben gut reden!« Die Frau wendet sich zum Gehen.

»Bleiben Sie! Auch wenn man es mir nicht ansieht, hole ich Sie ein!«

Immerhin schaut sie über die Schulter zurück und taxiert mich, kommt augenscheinlich zum Schluss, dass ich maßlos übertreibe: Jenseits der vierzig, kein sportlicher Typ. Ihr Blick wandert zum Koffer. »Schauen Sie hinein!«

Als ich nicht reagiere, wiederholt sie die Aufforderung mit Nachdruck. »Dawai!«, fügt sie hinzu.

Die Verschlüsse springen leichtgängig auf, der Kofferdeckel gibt sein Geheimnis preis und ich erstarre.

»So leer fühle ich mich! Ich kann nicht mehr. Das Ding sollte morgen früh Aufmerksamkeit erregen; sobald alles vorbei ist!«

Ich hebe das Gepäckstück auf. »Das erlaube ich nicht! Kommen Sie mit zu mir, wir reden. Heiße Suppe und ein Schluck Rum ... Oder ich bringe sie in die Stadt – wenn Ihnen das lieber ist.«

Ihr Kopf neigt sich zur Seite, langes dunkles Haar fällt in ein schmales Gesicht. Das winzige Lächeln stimmt mich hoffnungsvoll.

»Ich hab kein Interesse an Männern, so nett Sie auch sein mögen!« Fast klingt es bedauernd, fast.

»Und ich nicht an Frauen. Keine Sorge, bei mir bist du vollkommen sicher! Wie heißt du? Ich bin Roman, Roman Winzer.«

»Daria – Dario.«

Ich überhöre bewusst den Versprecher, gehe zum Auto, werfe den Lederkoffer auf den Rücksitz und öffne die Beifahrertür. »Kommst du? Ich tue dir wirklich nichts!

»Das ist auch besser, ich hab einen schwarzen Gürtel im Judo!«

Mir fällt ein Stein vom Herzen, als sie einsteigt. Die Chance, sie gegen ihren Willen dazu zu zwingen, war winzig. »Bitte bekomm keinen Schreck, ich bin nicht auf einen Gast eingestellt. Kaum jemand besucht den schwulen Waldschrat«, entschuldige ich mich und entlocke ihr ein weiteres Lächeln.

Kurz schaut sie sich in meinem vernachlässigten Domizil um und nimmt Platz, während ich Hühnerbrühe vom Vortag erhitze. Die Wartezeit überbrücken wir mit einer Kanne Tee.

»Mit Schuss?«, frage ich und überreiche eine Flasche Rum.

Ein großzügiger Schluck wandert in ihre Tasse, sie sieht mir in die Augen. »Du wirst mich nicht umstimmen!«

»Lass es mich wenigstens versuchen. Was ist so fürchterlich?«

»Was siehst du?«

»Eine hübsche junge Frau!«, erwidere ich automatisch und erinnere mich an den Versprecher. So einfach kann es nicht sein. »Jemanden, der mit einem leeren Koffer unterwegs ist, weil er nicht weiß, wer er ist. Oder Angst vor der Reaktion anderer darauf hat.«

Sie mustert mich durchdringend. »Ziemlich treffend, wie kannst du …? Ich kam her, um eine geschlechtsangleichende Operation vornehmen zu lassen. In meiner Heimat durfte ich meine weibliche Seite nie ausleben, daher verkaufte ich alles und begann hier neu. In Deutschland schien alles einfacher. Ich machte eine

Hormontherapie, wurde mehrfach begutachtet - und war auf dem Weg in die Klinik.« Sie schaute zu mir auf. »Ich kann es nicht! Mein Penis ist ein Stück von mir.«

»Ich hätte ebenfalls Angst ...« Erneut taxiere ich sie: Hohe Wangenknochen, ein schmales Kinn, feingliedrige Finger, ich käme auch jetzt nicht auf die Idee, keine Frau vor mir zu sehen.

»Das ist es nicht. – Für mich fühlt es sich jetzt richtig an, aber für niemanden sonst! Selbst Transsexuelle gaben mir zu verstehen, dass ich mich entscheiden müsse. Es geht nur so oder so! Nicht mal in der queeren Szene wird ein dazwischen toleriert, wie dann irgendwo sonst?«

Ihre Worte klirren hart wie zerbrochenes Glas. Sie erinnern mich an die eigenen Erfahrungen mit Intoleranz. »So sind die Leute: Was nicht in die Norm passt, wird ausgegrenzt. Wieso glaubst du, wohne ich hier? Aber es gibt Ausnahmen! Mir ist es egal, ich finde dich als Menschen sympathisch und möchte dir gern helfen. Wenn du magst, zieh ins Gästezimmer, bis du weißt, wie es weitergeht.«

»Bis eben wusste ich das!« Nach kurzem Zögern fährt sie fort: »Aber jetzt ... Dich stört nicht ...«

»... das du eine Frau bist?«, unterbreche ich hastig.

Diesmal ernte ich ein breites Grinsen. Sie blickt umher. »Dir fehlt wirklich eine weibliche Hand. Ich könnte ein paar Tage bleiben und die Bude wohnlicher gestalten.«

Innerlich seufze ich bei der Ankündigung, bin aber froh, sie vorerst von ihrem Vorhaben abgelenkt zu haben.

# Finn Lorenzen - Der Gartenzaun

Entschlossen streifte er sich die Maske über das Gesicht und war schon auf dem Weg in den Garten, als seine Frau ihn ansprach. Ob das denn wirklich nötig sei, fragte sie ihn und seine gestrafften Schultern senkten sich. Natürlich sei es nötig, gab er zurück. Wer von den beiden habe denn damals nach einem intakten Sichtschutz zum Nachbargrundstück verlangt? Nickend senkte sie ihre Tasse und trank ihren Kaffee doch nicht. Sie gab ihm zu bedenken, dass sie sich seinerzeit etwas anderes vorgestellt habe, etwa eine Lorbeerhecke oder eben Buchsbäume. Das mochte allerdings Jahre dauern, bis die Pflanzen die richtige Höhe erreicht hatten. Dies seien Jahre, die sie im Anbetracht der Lage vielleicht nicht mehr haben würden, grunzte er und blickte nach draußen auf den Zaun, den er im April eiligst hochgezogen hatte. Leiste um Leiste überragte nun die Beete in einer langen Reihe bis hinunter zum Schuppen, an dem sich wilde Ranken emporhangelten. Nachdem er seiner Frau versichert hatte, dass er schon alles im Griff habe, zwinkerte er ihr aus grimmigen Augen zu und trat ins Freie.

Der Tag schien ihm wie gemacht zu sein für sein Vorhaben. Es war trocken, die Sonne schien in heiterer Gleichmütigkeit auf ihn herab und von der anderen Seite war nicht ein Laut zu vernehmen. *Gut so*, dachte er, denn er konnte ihre Stimmen einfach nicht mehr ertragen. Ein ekelhaftes Gekreische waren sie in seinen Ohren, antiautoritäres Gefasel und entgrenzte Asozialität. Sicherlich waren es diese furchtbaren Kinder gewesen, die den Zaun mit ihrem Fußball beschädigt hatten. Wie konnte es auch anders sein? Sofort hatte er das fragliche Brett ausgemacht und untersucht. Tatsächlich zog sich auf Kniehöhe ein Riss durch das Holz. Außerdem waren die Schrauben aus der unteren Verbindungslatte herausgebrochen worden. Obwohl ihn dieser Vandalismus maßlos ärgerte, war er doch nicht im Geringsten überrascht. Von denen da drüben konnten die Blagen ja keine moralischen Werte erlernen oder den Respekt vor dem Eigentum anderer. Er würde sie später, wenn die Zeiten es zuließen, zur Verantwortung ziehen, aber zuerst musste er den Zaun reparieren, denn der Selbstschutz ging in jedem Falle vor. Somit marschierte er zum Schuppen und lobte sich innerlich für seine Umsicht, denn er hatte für den Fall der Fälle einen kleinen Vorrat an Holzleisten zurückgelegt. Seine Frau erzählte ihren strunzdoofen Freundinnen meist von einem, wie sie sagte, denkwürdigen Baumarktbesuch, in welchem er sich eklatant verrechnet und zu viel bestellt habe, doch er wusste es besser, denn die geradezu kriminelle Unvernunft der Nachbarn war ihm ja bestens bekannt.

Mit dem neuen Brett kehrte er zurück, legte es neben den Werkzeugkoffer und ließ sich den anstehenden Eingriff kurz durch den Kopf gehen. Schrauben lösen, Leiste ersetzen, Schrauben festziehen, fertig. *Das sollte schnell gehen*, dachte er. Natürlich müsse man im Nachhinein den Zaun neu streichen, damit alles adrett und sauber aussehe, aber das sei ja gar kein Problem. Mit einem bitteren Kichern entschied er sich schon jetzt für ein lebhaftes und lebendiges Kastanienbraun, allein, um dem morbiden Gesocks von nebenan eine klare Botschaft zu über-mitteln. Wir wollen leben, ihr Schweine!

Deshalb machte er sich schnell ans Werk. Er klappte seinen Werkzeugkoffer auf und suchte nach dem Akkuschrauber, der ihm kaputtgegangen war, als er in der letzten Woche vergeblich versucht hatte, ein IKEA-Regal zusammenzubauen, und von dem er in seinem Tatendrang vergessen hatte, dass er ihn bereits entsorgt hatte. Zehn Minuten schob er mit den Fingerspitzen hunderte Schrauben und Nägel hin und her, bis es ihm das Schicksal des gesuchten Utensils wieder eingefallen war. Dann müsse es eben per Hand gehen, analysierte er und zog mit sicherem Griff einen

Schraubenzieher hervor. Die Schrauben jedoch ließen sich davon nicht beeindrucken. Stattdessen glitt der Kopf des Werkzeugs bei jedem Versuch der Drehung aus dem Schlitz. *Nun gut, vielleicht eine andere Größe,* resümierte er. Nach und nach kamen die verschiedensten Schraubenzieher zum Einsatz, doch keinem gelang es, die Schraube tatsächlich zu ziehen. Mit immer größerer Wut im Bauch erschöpfte er seine Ressourcen und ein Bild manifestierte sich in seinem Kopf. Es müsse doch noch einer hier herumliegen, murmelte er und ließ seine Augen fieberhaft nach einem tiefblauen Griff fahnden. Der müsse genau passen, davon war er überzeugt. Und dann fiel es ihm ein: Er hatte eben jenen Heilsbringer vor langer Zeit verliehen und er wusste auch noch genau, an wen. Somit schien die Hoffnung dahin. Er erinnerte sich noch an das dankbare Lächeln, das ihm aus heutiger Sicht fast schon missgünstig und pervers vorkam.

In einem plötzlichen Anfall unbändigen Trotzes packte er sodann die fragliche Leiste mit den bloßen Händen und versuchte sie mit aller ihm zur Verfügung stehenden Kraft aus dem Zaun herauszureißen. Mit hochrotem Kopf zog und zerrte er am Holz, stemmte sich mit den Füßen dagegen und ächzte vor blinder Verzweiflung, bis es stimmungsvoll krachte und er rücklings auf dem Rasen lag. Zu seiner Entrüstung stellte er nun fest, dass es ihm lediglich gelungen war, etwa zwei Handbreit des oberen Endes herauszubrechen, wodurch er, wenn er sich die Zehenspitzen stellte, sogar in das verseuchte Reich des Feindes herüberspähen konnte. Das allein war schon schlimm genug, denn wer wusste schon, was er versehentlich erblicken konnte, wenn seine Augen sich nach Sodom und Gomorrha verirrten? Allerdings lag das bedeutendere Übel darin, dass sein Schutzwall gegen die Anderen einen weiteren Riss bekommen hatte. Nun konnte der Feind in seine heile und empfindliche Welt hinüberlinsen und sie allein dadurch vergiften, dass er ihre reine und moralisch überlegene Luft atmete. Dazu durfte es nicht kommen!

Blitzschnell stand er wieder am Zaun und hatte das nächste Stück der Leiste schon gepackt, als plötzlich auf der anderen Seite ein freundliches und wohlgepflegtes Gesicht erschien und ihm mit manikürter Hand einen tiefblauen Schraubenzieher reichte. Erschrocken wich er zwei Schritte zurück.

Der Nachbar lächelte. Er erklärte, dass er eben einen Anruf von der Susanne bekommen habe, und nickte in Richtung des Hauses, aus dem eine etwas mitleidig aussehende Frau mit einer Kaffeetasse in der Hand hervorlugte. Dann wandte er sich wieder dem Heimwerker zu.

„Ach Udo", seufzte er, „trägst du noch immer diese Maske? Du gehörst doch nicht etwa zu *Denen*? Es ist vorbei, sei doch vernünftig!"

„Ja, noch immer!", zischte Udo und ekelte sich regelrecht vor der demonstrativen Fahrlässigkeit seines Gegenübers. Wie gern hätte er ihn angeklagt, ihn zurechtgewiesen, ihn mit Zahlen und Fakten über die aktuelle Bedrohung durchlöchert, aber sein Mund blieb verschlossen. Stattdessen nahm er ihm widerwillig den vermissten Schraubenzieher aus der Hand und beeilte sich, den Gartenzaun zu reparieren, damit er das Lächeln seines Nachbarn nicht mehr sehen musste.

# Manuel Bogner - Wahre Veränderung

Das Fass ist übergelaufen. Man hätte es ahnen können, das Ergebnis ist trotzdem überraschend. Schon wieder hatten Polizisten in Amerika einen schwarzen Bürger, George Floyd, auf grausame Weise umgebracht, er war durch das Knie auf seinem Nacken erstickt. Kendrick sah es als traurige Ironie an, dass die Haltung des mordenden Polizisten in den Videos sehr stark dieser ähnelte, mit denen Sportler vor einiger Zeit auf Rassismus aufmerksam gemacht hatten. Die Sportler wurden verurteilt und sogar vom Präsidenten kritisiert; das Haus des Polizisten wiederum wurde von einem Meer seiner Kollegen geschützt. „Verhaftet ihn doch", dachte Kendrick. „Da ist er sicherer." Kendrick ist in einem schwarzen Viertel in Minneapolis aufgewachsen, erzogen von seiner Oma, nachdem seine Mutter, als er fünf war, bei einem Autounfall gestorben war. Seinen Vater hatte er nie kennengelernt. Jetzt war er mit einigen Freunden auf der Straße, protestieren. Die Stadt brennt. Kendrick sieht den Starbucks, bei dem er vor der Corona-Krise gearbeitet hatte. Er hatte gekündigt, um seine Oma nicht zu gefährden, sie lebten beide seit einiger Zeit von ihrer schmalen Rente. Der Starbucks war in Trümmern, ausgeraubt, die Glasscheiben eingeschlagen. Kendrick wurde wütend bei diesem Anblick: Während er hier friedlich protestierte, nutzten andere die Situation einfach aus. Das ist nicht das, wofür alle hier in dieser riesigen Menschenmenge standen. Es war ein Meer aus Schildern, frustrierten Schreien und, was Kendrick besonders begeisterte, Menschen jeder Herkunft, jeden Alters, jeder Hautfarbe. Das war Zusammenhalt. Das war, was Trump am meisten Angst machen sollte. Es war unvermeidbar, dass die Gruppe irgendwann auf Polizisten treffen würde. Kendrick war relativ weit vorne, als sie auf die schwer ausgerüsteten Cops stießen. Doch sie griffen sie nicht an, sondern knieten vor ihnen nieder, so wie es damals die Sportler gemacht hatten, und schwiegen in Gedanken an George Floyd und all die anderen Opfer der korrupten und rassistischen Polizei. Doch die Polizei rückte immer näher, ein Officer begann, mit Tränengas zu schießen, seine Kollegen schlossen sich kurz darauf an. Kendrick realisierte das erst, als sein Freund neben ihn aufschrie: Kendrick wusste, dass er Kontaktlinsen hatte. Ein Fehler. Jetzt wurde auch Kendrick erfasst: Er krümmte sich vor Schmerzen auf der Straße zusammen und fragte sich: Wann würde es endlich wahre Veränderung geben?

John war Reporter für CNN und würde gleich live von den Protesten in Minneapolis senden. Er war nervös, obwohl er schon lange für das Fernsehen gearbeitet hatte. Er erinnerte sich noch mit Stolz, als er zum ersten Mal live gesendet hatte: Er hatte sich als Schwarzer im Sender vom Praktikanten zum Reporter hochgekämpft und konnte nun bei diesen Protesten seinen Leuten mit einer fairen Berichterstattung helfen. Sein Kameramann zeigte ihm mit den Fingern, dass sie gleich live gehen würden. John positionierte sich vor den an ihnen vorbeiziehenden Menschenmassen, die jedoch abrupt stehen blieben. Sie waren auf Polizei gestoßen. Doch das bemerkte John gar nicht, er wischte noch einmal seinen Anzug ab und begann die Situation, in der sich befand, für die Zuschauer von CNN zu beschreiben. Plötzlich hörte er Schmerzensschreie hinter sich, er drehte sich irritiert um und musste geschockt sehen, wie zwei Polizeiwagen durch die Menschenmassen fuhren, ohne Rücksicht auf Verluste, wie ein Rasenmäher durch eine Wiese. Sein Kameramann hielt direkt drauf, während John ihm geschockt sagte, dass er keinesfalls wegschwenken solle. Hinter den beiden Polizeiwagen gingen Polizisten mit Tränengas und Plastikgeschossen gegen die bisher eigentlich friedlich protestierenden Menschen vor, John sah, wie immer mehr auf den Boden fielen. John merkte gar nicht, wie drei von ihnen sich plötzlich ihm näherten, erst als sie ihm das Mikro aus der Hand schlugen und ihm die Hände auf dem Rücken pressten, um ihm Handschellen anzulegen, rief er, dass er Presse sei, er gehöre zu CNN, verdammte Scheiße. Auch sein Kameramann wurde verhaftet, live auf CNN. John begann zu schweigen, während sie über verletzte und vom Tränengas schmerzende Menschen zu einem Polizeiauto stiegen. Die Bilder weckten in John nur eine Frage: Wann würde es endlich wahre Veränderung geben?

Danny stand vor dem Büro seines Chefs. Er würde kündigen. Er hatte immer an Gerechtigkeit geglaubt, dass das, was er tat, gut sei und den Menschen helfen würde. Nun glaubte er dies nicht mehr. Nach dem Tod von George Floyd war Danny bereit, dafür zu sorgen, dass die Proteste friedlich abliefen, stattdessen wurde er mit allerlei schwerem Gerät ausgestattet und mit seinen Kollegen an die Front geschickt. Ein Kollege von ihm (Malone, dieser Idiot) erinnerte Danny an einen Videospielcharakter, wie er von einem Knie zum anderen hüpfte, bereit, Demonstranten mit Plastikgeschossen niederzumähen. Danny fühlte als Einziger Verständnis für die Protestierenden. Als sie endlich der Menschenmasse gegenüberstanden, knieten sie vor ihm und ohne groß darüber nachzudenken tat er es ihnen gleich. Er fühlte mit ihnen. Doch seine Kollegen zogen ihn einfach hoch, Danny konnte sich zuerst aus dem Griff unter Jubel befreien und versuchte nochmal, Solidarität zu zeigen, doch Malone, der Kräftigste im ganzen Department, packte ihn am Schlafittchen und warf ihn nach hinten aus dem Gemenge. Geschockt konnte Danny nur noch zusehen, wie seine Kollegen gewaltsam Protestierende verhafteten und niederzwangen. Als er am nächsten Tag seinem Chef seine Waffe und seine Marke gab, war der einzige Gedanke, der immer und immer wieder in seinem Kopf widerhallte: Wann würde es endlich wahre Veränderung geben?

Joe war weiß. Trotzdem zog er durch die Straßen, um zu protestieren. Es wollte das richtige tun. Dabei helfen der Ungerechtigkeit ein Ende zu machen. Er war gerade auf der Suche nach einer Gruppe, der er sich anschließen konnte, als eine kleine Gruppe Räuber in schwarzen Masken sah, die die aktuelle Situation ausnutzen wollten und kurz davor waren, einen Schmuckladen zu überfallen. Der schwarze Besitzer wehrte sich vehement, bald würde die Situation eskalieren, als plötzlich die Polizei kam. Die Räuber flohen, während die Polizisten sich dem Ladenbesitzer näherten. „Wir wurden gerufen", war alles was sie brummten und verhafteten den Ladenbesitzer, der schrie, dass er die Polizisten überhaupt erst gerufen hatte, um seinen Laden zu schützen, bis er seine wertvollen Güter an einen sicheren Ort gebracht hatte. Doch das brachte ihm nichts, er wurde trotzdem verhaftet. Joe filmte das Ganze und während er dies tat, kam nur eine Frage in ihm auf: Wann würde es endlich wahre Veränderung geben?

Kendrick wurde von Helfern der „BlackLivesMatter"-Bewegung in ein nahegelegenes Krankenhaus gebracht, sein linker Arm und ein Zeh waren gebrochen, er hatte des Weiteren eine leichte Gehirnerschütterung. Das Problem: Er hatte weder eine gute Krankenversicherung, noch hatte das Krankenhaus genug Kapazitäten durch die anderen gewaltsamen Ausschreitungen und die weiterhin laufende Pandemie. Kendrick wurde deshalb von seinen beiden Fahrern von BLM verarztet, den Rest machte seine Oma zu Hause. Er erfuhr, dass sein Freund mit den Kontaktlinsen permanent erblindet war.

John kam nach einiger Zeit in Gewahrsam frei. Das Video seiner Verhaftung war überall im Internet. CNN wollte, dass er ein Statement rausbrachte. Stattdessen ging John sofort auf die Straße: Er wollte mitprotestieren. Dort traf er auf Danny, einen ehemaligen Polizisten, der aufgrund der Gewalt der Polizei gerade gekündigt hatte. Zusammen zogen sie durch die Stadt.

Joe postete das Video von der Verhaftung des Ladenbesitzers auf Reddit. Es kam auf die Frontpage mit tausenden Kommentaren und Upvotes. Die Kommentare stellten alle mehr oder weniger dieselbe Frage: Wann würde es endlich wahre Veränderung geben?

# Wolfgang Breitkopf – Unter dem Spiegel

Vom Lauf der Welt unbeeindruckt sieht der Turm der St. Sebastianskirche auf den See hinunter.

Ein schweigsamer Spaziergänger tut es ihm gleich. Er vermag sich dabei nicht, der melancholischen spätherbstlichen Stimmung zu entziehen. Für einen kurzen Moment lässt Mohammad es zu, dass ihn Kindheitserinnerungen an die Heimat überwältigten. Schneebedeckte Berge, kristallklare Flüsse, grüne Täler und unendlich erscheinende Steppen, deren Schönheit eine Wehmut in ihm auslösen, die das Herz schwermachen. Doch im Hier und Jetzt gibt es wenig Platz für Sentimentalitäten.

Seit zehn Jahren lebt er in Vorarlberg. Gleichwohl steht er an diesem Tag zum ersten Mal am Ufer des Bodensees. Im Grunde genommen könnte er jubilieren und feiern. In der Jackentasche steckt der Einbürgerungsbescheid! Ihm ist dessen ungeachtet keineswegs nach Freudenstürmen zumute. Mohammad verspürt ein Bedürfnis nach Ruhe und Einsamkeit. Den großen Traum verwirklicht, hat sich eine ungekannte Traurigkeit seiner Seele bemächtigt. Sein Inneres gleicht dem Gewässer, auf das er hinausschaut.

Ruhig liegt es da. Lediglich einzige Wellen kräuseln die Oberfläche. Der Anblick erinnert an das Zittern eines Spinnennetzes, wenn sich Beute in ihm verfängt. Ein paar Blätter treiben umher, die Spiegelbilder der Bäume verzerrend. Das Wasser von den ausgiebigen Regenfällen der letzten Tage trüb, verwehrt den Blick auf das, was jenseits der Grenze zwischen sichtbarem und unsichtbarem verborgen bleibt. Das Dunkle in der Tiefe, unter dem verschwommenen Widerschein der Wirklichkeit auf dem See, zieht Mohammad magisch an. Eintauchen. Umschlossen von eisigen

Fluten die Zerrissenheit vergessen, die er empfindet. Langsam lässt er sich vornüberfallen.

»Du wirkst, als würdest du gleich hineinspringen!«

Mohammad hat ihn nicht kommen sehen. Unvermittelt steht er neben ihm. Der alte Mann wirkt heruntergekommen. Ein verschlissener Trenchcoat, abgetragene Schuhe und zwei Plastiktüten in den Händen komplettierten das Bild eines Menschen, dem augenscheinlich im Leben wenig Glück zuteilgeworden ist. »Kann kaum richtig schwimmen!«, antwortet Mohammad mit Bitterkeit in der Stimme.

»Geht mir auch so. Deswegen bleibe ich, im Gegensatz zu dir, dem Ufer fern!« Mit spitzen Fingern streicht er über den Ärmel des Mantels seines Gegenübers. »Feines Stöffchen! Scheint mir nicht, dass du aus Geldnöten derart missmutig in diese Schlammbrühe starrst.«

Den Kopf schüttelnd erwidert Mohammad: »Nein, aber ich bin inzwischen Österreicher.«

»Na, wunderbar! Wen interessiert`s? Wo war noch dein Problem?«

»Das verstehen sie nie und nimmer. Sie sind von hier.«

»Versuch es einfach. Oder hast du gar kein Problem und sonnst dich lediglich gerne in Selbstmitleid?«

Ärger kocht in Mohammad hoch. Er schnaubt ungehalten. Merkt, dass der Körper sich anspannt und zu beben beginnt. Was geht diesen Fremden seine Geschichte an?

Trotzdem beginnt er zu erzählen. Was unterdrückt im Versteckten schlummert, wartete schon lange darauf, sich Gehör zu verschaffen. »Eigentlich ist alles perfekt gelaufen«, stellt er fest.

»Ich bin zum Studieren hierhergekommen. Maschinenbau. Nach meinem Abschluss fand ich umgehend eine Anstellung, ein Zimmer in einer Wohngemeinschaft und erhielt einen befristeten Aufenthaltstitel. Die Arbeit machte mir Freude. Diskriminierung habe ich selbst niemals erfahren. Ich fand zahlreiche Freunde. Einmal im Jahr fliege ich nach Hause. Besuche meine Eltern im Iran. Die haben mich stets unterstützt. Sie sind stolz auf mich. Sie befürworteten meine Entscheidung die Staatsbürgerschaft des Staates, in dem ich lebe, anzunehmen. Das stellte immer meinen größten Wunsch dar. Es ist soweit! Ich erhalte einen österreichischen Pass und obwohl ich den iranischen weiterhin besitze, ist ein unsichtbares Band unwiederbringlich zerschnitten. Auch wenn ich hier mittlerweile Zuhause bin, bleibt der Iran meine Heimat. Es ist, wie eine unerwiderte Liebe. Zu einem Land, das man liebt, aber in das man nicht zurückkehren will, geschweige denn kann.

Plötzlich fühle ich mich weder dem einen noch dem anderen in Gänze zugehörig. Oberflächlich gesehen scheint alles gut, doch fern des Erkennbaren herrscht Finsternis und der Eindruck entwurzelt zu sein. Das wonach ich jahrelang strebte, ist in Erfüllung gegangen. Und nun? Nun ist es anders als erwartet. Keine wohltuende Zufriedenheit. Es existiert kein Ziel mehr, auf das ich hinarbeiten kann. In mir existiert nur Leere.«

Nachdenkliches Schweigen schlägt Mohammad entgegen. Er meint in den Augen des neben ihm stehenden, ein missbilligendes Funkeln wahrzunehmen.

Dann antwortet der Alte. »Es tut mir leid, dir das sagen zu müssen. Du bist ein Egoist. Die Welt dreht sich mitnichten einzig um dich!«

»Was wissen sie schon?«

»Mehr, als du glaubst! Nach meiner Scheidung bin ich in ein Loch gefallen. Alkohol mutierte zum Tröster. Mein Weg zu Vergessen. Ich verlor meinen Job, anschließend die Wohnung und landete auf der Straße. Nachdem meine Exfrau überraschend bei einem Unfall ums Leben kam, habe ich mich quasi totgesoffen. Zu spät kam die Erkenntnis, dass ich mich um meine Tochter hätte kümmern müssen. Ann-Katrin starb an einer Überdosis. Ich habe es nicht einmal mitbekommen!«

»Das ist schlimm, aber was hat das mit mir zu tun? Warum erzählen sie mir das?«

»Weil dein Verhalten feige und eigennützig ist. Ich bin bereits tot. Du hingegen besitzt die Möglichkeit, die Zukunft zu gestalten. Das darfst du keinesfalls wegwerfen! Es gibt Unzählige, die es nicht wie du geschafft haben. Landsleute, von Krieg und Hunger gezeichnete, die mit den Folgen von Flucht und Vertreibung ringen. Sie benötigen deine Hilfe. Du sagst, dein Dasein sei sinnlos geworden und stiehlst dich dabei rücksichtslos aus der Verantwortung.«

Röte schießt Mohammad ins Gesicht. Er realisiert: Es ist keine Wut, sondern Scham. Das Blut rauscht in den Ohren. Nur mit Schwierigkeiten versteht er die Aufforderung, sich endlich zu bewegen, zu kämpfen!


Die letzten Kräfte mobilisierend, rudert Mohammad mit den Armen. Prustend durchbricht er die Grenze zwischen Wasser und Luft. Die Lungen brennen, lechzen nach Sauerstoff. Unbeholfen paddelt er in Richtung des rettenden Ufers. Bald spürt er weichen Grund unter den Füßen. Keuchend liegt er im Schlamm.

Nach einigen Minuten werden seine Gedanken wieder klar. Was ist bloß in ihn gefahren? So etwas Unsinniges zu tun. Er blickt nach allen Seiten. Der alte Mann ist verschwunden, als ob es ihn nie gegeben hätte. Mühsam rappelt Mohammad sich auf. Neue Aufgaben stehen an. Zeit durchzustarten!

# Janine Lancker - Inventur

Dies ist meine Mütze, dies ist mein Mantel, ach, hier hab ich die Schere hingestopft. Was man grad nicht braucht... Hier mein Nähzeug zum Flicken, man weiß ja nie. In der Tüte von Netto scheinen sie nicht drin zu sein. Coline, nun guck doch nicht so. Vielleicht sind sie in der guten Stube, im Rewebeutel: Ah, da sind schon mal die Kekse von Bahlsen, die mit der Orangenfüllung drin. Die spar ich mir auf. Einen gibt's nach der warmen Suppe am Abend, bis dahin ist noch ein weiter Weg. Oder willste nen halben, Mausi? Mausi? Wo is Mausi eigentlich? Coline, such die Mausi, Coline. Hast wohl heute Katzenjammer, na toll, dann nicht. Ich such ja, ich such ja. Henkeltasse, Becher, brauch ich wohl die Einwegschüssel noch? Is ein kleiner Riss drin, aber vielleicht zum Tauschen, der Detlef, der kann ja alles gebrauchen. Messi halt. So, nun noch mal von links an: In den drei Spardingern warense nicht. Oder, guck du noch mal Coline. Wechselwäsche, Kernseifen, nen Lappen zum Waschen, ie, der stinkt. Kann ja auch gar nicht trocknen bei der Nässe da draußen. Son Mist, das rosa Kissen vom Sofa aus der alten Wohnung, mit der hübschen Stickerei, hat auch was abbekommen. Vorsicht Coline, da nicht so drauf. Das wollen wir in Ehren halten. Das wird noch mal woanders gebraucht. In der sind allerhand Utensilien, Krimskrams, fürn Detlef interessant. Auch die zwei Bücher brauch ich nicht mehr. Ah, mein Guter! Da sind die Hundeplätzchen! Mein Feiner! Hier, warte, erst aufmachen, hier, haste zwei, sind ja recht klein. Mein Braver! Den Rest tun wir in die Rewetüte. Merk dir das mal.

Lass uns die Plünnen mal da inne Ecke schaffen, hintern Briefmarkenautomaten. Die Tüte mit dem Kissen kommt ganz hinten reingeklemmt. Risiko is immer. Ach, was soll's, die Fresstüte kommt mit, Coline. Wär ich noch mal jung, dann würd ich das gelbe

Posthorn klauen. Portofreie Briefe fordern. Oder besser: Die Beamten müssten lauter persönliche Sachen schreiben. Von Mensch zu Mensch. Die kriegen unsre Leute alle abgeliefert. Und überhaupt: Telekommunikation. Ich glaub, da passieren Sachen um uns rum, soweit können wir in diesem Leben nicht mehr denken. Da gibt es Welten, da kommste nur übern Bildschirm rein. Haste keinen, Pech gehabt. Schön Coline, uns interessiert das nicht. Mein kleiner Schnüffler. Jetzt lauf und schieb die Türen auf!

Noch ist es überall ganz leise, und alles sieht ganz leicht aus. Minusgrade, dafür aber noch recht milde. Mischwetter, das liegt an meinem Stimmungstief. Es hat die ganze Nacht geschneit. Wir stapfen in die Dunkelheit. Unter meinen Schuhen schmiert der Schnee zur Seite. Einsacken, hochschieben, einsacken, hochschieben. Coline, du siehst elegant aus, wie du schreitest. Ich dagegen stapfe und stapfe. Jede zehnte Flocke glitzert, weil ab und an Laternen in der Nähe sind. Dann werfen wir lange Schatten. Mal gehen sie vor, du, und mal kommen sie uns nach. Da brauchst du keine Bange haben. Wir beide bewegen uns durch ein einfaches Märchen, ohne viel Klimbim. Der ganze Scheißtrubel der Weihnacht ist endlich rum, die Baumskelette abgeholt. Und von Silvester sind nur ein paar rot-verschmierte Böllerenden liegen geblieben. Endlich kann der Winter seinen eigenen Zauber verbreiten. Unter null bilden die Flocken eine dicke Decke über allem, als wäre Gras gewachsen über den ganzen Quatsch, der so passiert. Und die, die trotzdem nerven könnten, schlafen noch in ihren Daunenbetten. Gleich gehen wir durch ne Seitenstraße, die is nicht beleuchtet. Stockdunkel da, aber wir wissen ja, das alles weiß ist. Das mag ich so. Da überkommt einen dieses komische Gefühl, wie wenn du zu lange den Mond anstarrst. Dann kannst du plötzlich gar nichts mehr glauben, von dem, was dir die Leute sagen. So was, wie „Wir sind zwar Freunde, aber ich kann dir leider nicht mehr weiterhelfen", „Zwangsräumung ist angeordnet", „Die Hausordnung hier sieht keine Hunde vor". Das sind dann merkwürdige Gebilde in der Luft, in deinem Ohr, in deinem Kopf. Ich mein, da ist der Mond und sagt: Schau da vorn, da ist die Erde. Die, die drauf sind, sagen: Scheißdreck. Und der Schnee, der macht das Gleiche mit mir wie dieses zu lange Rübergucken. Da bild ich mir ein, dass alles offen ist: Die Karten sind noch nicht verteilt, das Regelwerk wird erst geschrieben werden, dem Chaos fehlt noch die Struktur. Und erst wenn wir beide, Coline, du und ich, wenn wir beide sagen, so jetzt kann's meinetwegen losgehen, jetzt könnwa mal überlegen, wie sich das alles so gestalten könnte – dann geht's erst richtig los! Machen wir uns nichts vor: Wir sind nicht von dieser Welt. Manchmal kann das Märchen böse enden, dem Meyer sind zwei Zehen abgefroren. Ich denk mir, ich lieb den Frost, krieg davon klare Gedanken, passe auf und trage warme Socken. Behandle dich selber stets wie einen wertvollen Gegenstand. Das sagte Oma immer, wenn sie sich Bommerlunder in ihr Schnapsglas goss.

Eben war's noch zappenduster, nun siehste: Jeder kriegt Schneeschläge ins Gesicht. Mein linker Fuß tut wieder weh. Is nur ne Kleinigkeit. Komm mit dem Weg ins Kämpfen. Da vorn, vorm Karstadt lass uns mal zu Atem kommen. Mist, ich hab den Becher nicht dabei. Mit dem Geldverdienen is das sowieso ein vertracktes Ding, voller Spitzfindigkeiten und Mucken. Ja, Coline, hier, komm an meine warme Seite. Nee, das mit dem ganzen Geld, das hat sich einer ausgedacht, der keine Ahnung hat. Wie soll das funktionieren? Unsereinem geht es immer nur um Bares, anderen geht's um unsichtbares Kapital. Da krieg ich die Pimpernellen. Mit dem ganzen Humbug wollen wir nichts zu tun haben. Das haben wir hinter uns.

Aus dem Nichts, da erscheint eine hochgewachsene Gestalt. Coline schau, direkt vor uns hält sie inne. Ein Mann in einem Lodenmantel. Trägt einen schmalen Lederkoffer in der linken Hand. Er wirkt phänomenal. Die andere Hand führt er souverän in seine

Jackeninnentasche. Holt einen Fünfer raus und hält ihn an einem der vier Zipfel zu mir herab. Schau, diese glatte, rechtschaffene Hand. Gern würde ich die weiche Innenfläche berühren. Hab lange nicht mehr so was Schönes in meiner Pranke gehabt. Bestimmt ganz liebevoll. Muss mich nur trauen. Der Wind rüttelt eine Weile am Papier. Der Herr wirkt ungehalten. Die Nasenflügel zucken, der Rest bleibt ungewöhnlich starr. Was soll's, ich streck sie ihm entgegen. Ein zarter Lichtstrahl blendet mich beim Blick nach oben. Am Schein vorbei, fast fühl ich schon die warmen Fingerspitzen. Da lässt er erschreckt los und schiebt die Rechte schnell in seine Seitentasche. Bin wohl zu weit gegangen. Der Fünfer wird vom Wind erfasst. Coline, ach lass doch, bleib. Das hat keinen Zweck. Is schon über alle Berge. Vielleicht ein Bänker. Genug gefaulenzt, Coline, das Leben is eh ne lange Pause.

Wir gehen weiter, da vorn kommt schon das Amt. Erhaben sieht der Kasten aus, wien Schloss, ragt in die klare Luft. Die dünne Schneeschicht betont die Formen. Wo hab ich denn den Wisch jetzt hingepackt? Inne Manteltasche? Nee. Ah, aber da is Mausi. Du kleine. Da bist du zugange. Wollt Coline ein Gedicht vorlesen. Mensch, der Wisch is abhanden geko..., ach nee, hier inner Hose. Hör mal, es heißt „Paragraph siebenundsechzig": ... sind Leistungen zur Überwindung von Schwierigkeiten zu erbringen, wenn die Berechtigte aus eigener Kraft hierzu nicht fähig ist ... Jetzt holen wir uns erstmal die zwölf Kröten ab.

## Gerhard Schönbeck - Der Schmied hat einen Abszess

„Hmm … Das ist jetzt ein ganz klein wenig außer Kontrolle geraten." Der Strumpfwirker C. blickte nachdenklich auf den in etwa zehn Metern Entfernung stehenden Wall aus Piken, Mistgabeln und Schilden.

„Jap", bestätigte der neben ihm stehende, mit einem stachelbewehrten Nudelholz ausgerüstete Bäckergeselle D. knapp.

„Und alles nur wegen … Warum eigentlich wirklich?"

„Keine Ahnung. Ist auch egal. Jetzt geht's erst einmal darum, die Bastarde ungespitzt in den Boden zu rammen", erwiderte der Bäckergeselle und spuckte verächtlich auf den Boden. Von seinen neben ihm stehenden Gildegenossen erntete er begeisterte Zustimmung.

„Angefangen hat es vor zwei Monaten damit, dass der Vater von Bauer A. dem Taufpaten von Schuster F. ein Pferd verkauft hat", mischte sich ein zahnloser Alter ins Gespräch. „Der hat dann dem Vater von Bauer A. ein auf einmal rotbraun gesprenkeltes Pferd zurückgestellt, wegen rostigen Fleckfiebers reklamiert und den Kaufpreis sowie ein neues Pferd als Genugtuung verlangt."

„Rostiges Fleckfieber?" fragte C. zweifelnd.

„Gibt es nicht", versetzte der Alte. „Gab es nie. Du weißt es, ich weiß es, und der Taufpate von Schuster F. wusste es auch. Der Vater von Bauer A. leider nicht. Beim nächsten stärkeren Regenguss kamen ihm aber doch Zweifel."

„Und dann?"

„Der Vater von Bauer A. war nachvollziehbarerweise nicht mehr gut auf seinen Handelspartner zu sprechen. Was ja an sich noch nichts Gravierendes gewesen wäre. Bis Bauer A. bei einem Stammtisch nebenbei bemerkt hat, dass es eigentlich nicht verwunderlich sei. Denn der Taufpate von Schuster F. hatte ein Furunkel, und es sei ja allgemein bekannt, dass Leute mit Hautgewächsen die übelsten Gauner und Halsabschneider und womöglich auch Kindsverderber seien."

„Ernsthaft?" unterbrach C.

„Naja, Bauer A. trat ziemlich überzeugend auf", erläuterte der Alte. „Zu allem Überfluss hatte auch der Schmied einen Abszess, und der Sohn von Schweinehirt L. wurde beobachtet, wie er ins Haus des Schmieds ging."

„Der Sohn von Schweinehirt L. ist aber auch schon siebzehn und macht eine Schmiedelehre", entgegnete der Strumpfwirker.

„Das tat nichts zur Sache. Es ging ums Prinzip."

„Sehr richtig!" warf der Bäckergeselle ein.

„Jedenfalls war Schweinehirt L. höchst alarmiert und hat gemeinsam mit Bauer A. die 'Vereinigung ehrbarer Landt- und Thierberufe wider die schröcklichen Auswüchse des schändlichen Handwerkerthums' gegründet."

„Ach, daher kommen die. Ich nehme an, der 'Zusammenschluss aufrechter Handwerker gegen die üblen Machenschaften heimtückischer Bauern und Hirten' war dann die Reaktion?"

„Genau. Und über kurz oder lang haben sich die meisten Dorfbewohner auf die eine oder andere Seite geschlagen, auch wenn sie nicht wirklich daran geglaubt haben. Irgendwie auch verständlich –

es versprach Aufregung, und im Dorf ist ja sonst nicht viel los. Lustigerweise waren die Furunkel und Abszesse nach einer Weile nicht mehr Kernthema, obwohl natürlich als Aufhänger immer noch hilfreich."

„Und dann die Reden und Plakate", erinnerte sich C. „Abszesse bei den Handwerkern gegen Kieferfehlstellungen der Bauern. Die einen wie die anderen für die Ausbreitung aller möglichen Seuchen verantwortlich. Und die Leute waren mit Feuereifer dabei. Eigentlich unglaublich."

„Sehr richtig!" wurde C. vom Bäckergesellen missverstanden. „Und wenn wir hier fertig sind, ist endlich Schluss mit diesen Lumpen."

„Aber irgendwie geht das jetzt doch ein bisschen weit, findest du nicht?"

„Ganz und gar nicht! Sie brauchen eine Lektion!" beharrte D.

„Wenn ich genauer darüber nachdenke: woher bekommt ihr eigentlich momentan euer Mehl?"

wandte sich der Strumpfwirker an seinen Nebenmann.

„Na, von den Bauern", antwortete der Bäckergeselle.

„Ähm …"

„Ja?"

„Fällt dir vielleicht irgendwas auf?"

„Nein, was?" D. blickte seinen Gesprächspartner verständnislos an.

„Ihr lasst euch von denjenigen beliefern, die ihr gerade umbringen wollt?"

„Und? Wir zahlen auch gut dafür."

„Aber …"

„Still!" schnitt ihm D. das Wort ab. „Ich glaube, es geht endlich los."

Ein Trompetenstoß. Mit einem Mal ging ein Ruck durch die beiden Horden, die Menschen strafften sich. Die Spannung war mit den Händen zu greifen.

Auch schon egal, dachte C. „Leute!" brüllte er, so laut er konnte. „Das ist jetzt bitte nicht euer Ernst! Wir hatten doch eine gute Dorfgemeinschaft! Wollen wir uns wirklich gegenseitig abschlachten?

„Aber der Schmied hat einen Abszess!" rief jemand von gegenüber.

„Genau!"

„Dafür hat Bauer A. einen Unterbiss!" schrie der Bäckergeselle.

Zustimmendes Gejohle.

„Moment!" versuchte der Strumpfwirker, sich wieder Gehör zu verschaffen. „Glaubt ihr nicht, dass

sich das für die Zukunft ungünstig auswirken könnte? Wir kaufen doch jeder beim anderen ein!"

Kurzes Nachdenken.

„Aber der Schmied hat einen Abszess!" kam es erneut von der anderen Seite.

„Und wenn er hundert Abszesse hat!" schrie C. „Was zur Hölle hat er euch getan? Was haben euch die anderen überhaupt getan? Vermisst ihr die gemeinsamen Dorffeste gar nicht? Wäre es nicht herrlich, wenn wir alle morgen wieder gemütlich in der warmen Abendsonne bei Wirt T. sitzen und über die alten Zeiten plaudern könnten?"

„Lasst euch nicht von diesem sentimentalen Gewäsch einlullen!" ereiferte sich Bauer A. von der anderen Seite. „Die Handwerker sind die Wurzel allen Übels, der Abszess des Schmieds in Form eines Teufelshorns zeigt es deutlich!"

„Weil ich dich gerade sehe, deine Jacke ist nächste Woche fertig", rief Schneider J. dem Bauern zu.

„Wie? Ah ja, danke", antwortete A. „Wo war ich? Richtig, wir müssen die Handwerker radikal ausmerzen. Oder wollt ihr, dass ihr und die euren von der Pest dahingerafft werden?"

„Nein!" scholl es aus dutzenden Kehlen, und die beiden Massen stürmten aufeinander zu.

*

Schafhirt B. saß auf einer Bank und blinzelte in die wärmende Frühlingssonne. Knapp vier Monate waren seit dem beispiellosen Sieg der Bauern und Hirten gegen die Handwerker vergangen. Mit einem angestrengten Seufzen nahm Sämann K. neben ihm Platz.

„Na, alter Knabe", begrüßte ihn der Hirte. „Mühsam die letzte Zeit?"

„Naja, man kämpft sich so durch. So eine selbst gemachte Egge aus Torf anstatt Metall ist halt nicht ganz das Wahre."

„Mag sein", pflichtete B. ihm bei. „Aber dafür haben wir jetzt unsere Ruhe."

„Stimmt. Ist jetzt auch schon bald ein halbes Jahr her. Das war ein Spaß, als wir die Bastarde damals aus dem Dorf gejagt haben, was?"

„Und wie", erinnerte sich B. „Ich werde nie den Anblick des Bäckers vergessen, nachdem wir ihn in seinen eigenen Brotteig getaucht haben."

„Weißt du, manchmal frage ich mich, ob wir es nicht ein klein wenig übertrieben haben", sinnierte der Sämann. „Die Egge, deine Hemden haben auch schon bessere Zeiten gesehen, und richtige Schuhe wären auch wieder fein."

„Zugegeben. Das Brot wäre auch besser, wenn es ordentlich gebacken wäre. Und eigentlich waren sie ja gar nicht so übel ..."

Schafhirt und Sämann sahen sich eine Zeit lang an. Dann fiel ihr Blick auf eines der alten Plakate, worauf sie unisono konstatierten:

„Aber der Schmied hatte einen Abszess!"

# Adi Halfon - Linie 255

Am wenigsten gefällt mir an Deutschland die Teilnahmslosigkeit seiner Einwohner. Am Samstagabend bin ich mit dem Bus 255 gefahren. Diese Linie ist eine der schlimmsten in Berlin. Sie fängt tief im Osten an, in Weißensee oder Heinersdorf, und führt dann durch die ärmste Gegend Weddings. Also, der Bus 255 ist ein Treffpunkt für alte Nazis aus dem Osten und junge Araber aus dem Nahen Osten.

Zwei arabische Frauen in ihren Mittdreißigern sind eingestiegen. Die eine, mit blond gefärbten Haaren, hatte zwei kleine Kinder und noch einen Säugling in einem alten Kinderwagen. In der Mitte des Busses, wo normalerweise der Kinderwagen stehen sollte, saß eine deutsche Frau, Ende 50, angezogen wie ein Gangmitglied der Hell´s Angels, und sprach unaufhörlich und laut am Telefon. Die blonde arabische Frau hat ihr laut gesagt: "Das ist der Platz für Kinderwagen". "Siehst du nicht, dass ich behindet bin?", hat die Deutsche geschrien. Ich saß zwei Reihen hinter den drei Frauen, und für mich sah die deutsche Frau ganz normal aus. Irgendein Schild oder Band hatte sie nicht ein.

"Es ist trotzdem der Platz für Kinderwagen", hat die Blonde leise gesagt. Dann ist es eskaliert. Die Deutsche hat weiter geschrien. Die zwei arabischen Frauen waren auch nicht ohne, und haben geantwortet. Daher dauerte es nicht lange, bis die Auseinandersetzung rassistisch wurde. Die deutsche Frau schien die zwei Frauen schon gekannt zu haben – wie hätte sie sonst wissen können, dass die beiden dumme Ausländer und Arbeitslosengeld-Abzocker waren, die nix tun können, außer Kinder in die Welt zu setzen? "Wir sind nicht arm", antworte die Blonde aufgeregt, "Meine Kinder tragen doch Adidas und Nike Klamotten".

"Hey, hier sind auch Kinder", hat die Blonde gemeint, als die Deutsche die Ausländer beschimpft hat. Und dann ging es um den Islam. Die andere arabische Frau hat den Islam stark verteidigt. "Sag was du willst, aber kein Wort über deb Islam". Die Deutsche ist aufgestanden, und es sah aus, als ob sie die andere Frau verprügeln wollte. Niemand den Passagieren im Bus hat reagiert. "Hör auf mit dem Scheiß, seid ihr Kinder oder erwachsene Menschen?", habe ich endlich gesagt. "Oh, guck mal, der muslimische Mann, der Pascha", hat die Deutsche gesagt. Mir war dieses Niveau an Dummheit einfach zu hoch. "Ich bin kein Muslim, du blöde Kuh, ich sehe nur so aus. Ich bin ein Jude". Es gab endlich Ruhe im Bus. "Wir waren hier mal der Feind. Jetzt sind sie dran", habe ich in Richtung der zwei arabischen Frauen gesagt.

Dann erreichte der Bus die Endstation. Die drei streitenden Frauen, die nah an der Tür standen, sind zuerst ausgestiegen. Draußen haben sie weiter gestritten. Alle anderen Leute haben dann aus dem Fenster geguckt. Da, auf dem Bürgersteig, hat die Deutsche eine der beiden Frauen geschlagen. Sie lag hilflos auf dem Boden. Ich habe die andere im Bus weggeschoben, und bin herausgestürmt. Als die behinderte Deutsche mich sah, ist sie schnell geflüchtet, nicht ohne zu lachen. Das Baby im Kinderwagen hat geweint. Die anderen Fahrgäste sind wortlos weiter gegangen. Hier war doch nix zu sehen.

# Hans-Martin Große-Oetringhaus - Ein Ahorn vor der UNO

Natürlich war es dem Ahorn nicht erlaubt, auf der Vollversammlung der Vereinten Nationen in New York zu reden. Die glänzend polierten Böden des Sitzungssaales könnten vom Wurzelwerk unnötig verschmutzt werden. Und dann das Laub! Alle Veto-Mächte waren sich einig, dass ein solches Vorhaben nur Dreck machen und der Vornehmheit des hohen Hauses schaden würde. Und was konnte man an wohlgefeilten Sätzen schon von einem Baum erwarten, der weder studiert noch in der Wirtschafts- oder Finanzwelt einen Namen hatte, und nichts außer Blätter und propellerartige Samenstände hervorbringen konnte.

Da blieb dem Ahorn nichts anderes übrig, als dort, eingezwängt zwischen Hochhäusern, Wolkenkratzern und Straßen stehen zu bleiben und von dort aus seine Rede an die Menschheit zu halten. Natürlich würde sich dort kaum jemand für das, was er zu sagen hatte, interessieren. Kein Kameramann würde seine Kamera, kein Journalist sein Mikrophon auf ihn richten. Die hatten doch alle Hände voll damit zu tun, die Sonntagsreden aus dem Sitzungssaal in die Welt zu senden. Natürlich nahm man die dort gehaltenen Reden nicht wirklich ernst und war froh über so viele schöne Worte, dass man zuhause in Ruhe mit den unschönen Taten weitermachen konnte.

Der Ahorn wusste, dass es ihm vermutlich nicht viel anders ergehen würde. Aber davon wollte er sich nicht abhalten lassen. Schließlich ging es um nicht weniger als die Existenz der Erde. Es ging um sein Leben genauso wie um das der Menschheit. Denn beides war eng miteinander verknüpft. Darum begann er vorsichtig zu rauschen und hielt seine roten Blätter in die späte Herbstsonne, dass sie leuchteten. Und als er sah, dass einige Passanten zu ihnen hinaufblickten, sich an der Farbenpracht erfreuten und einige sogar ihre Smartphones zückten und sein Laub fotografierten, da fasste er allen Mut zusammen und begann mit seiner Rede.

„Noch strahlen und leuchten meine Blätter. Noch lebe ich. Noch lebt ihr. Aber wie lange noch? Mein Leben wie das aller Bäume ist in Gefahr. Und euer Leben wie das aller Menschen ist genauso in Gefahr. Und warum? Ihr lebt auf zu großem Fuß. Kein Wunder, denn der ökologische Fußabdruck, den ihr hinterlasst, ist riesig. Er macht deutlich, wieviel Natur ihr verbraucht."

Spätestens jetzt hatten die Passanten ausgestaunt, hatten ihr Smartphones wieder eingesteckt oder sahen nach, ob in der vergangenen Minute eine SMS oder WhatsApp-Nachricht angekommen war, oder lasen die Uhrzeit ab und eilten weiter. Sie hatten es eilig, möglichst große ökologische Fußabtritte zu hinterlassen. Das irritierte den Ahorn zwar. Aber er sprach zuversichtlich weiter:

„Ihr wollt doch immer alles messen und in Zahlen bringen. Darum müsste euch das doch eigentlich gefallen. Auch der Verbrauch von Natur lässt sich messen. Dabei handelt es sich letztlich um ein Buchhaltungssystem für die Umweltressourcen unserer Erde. Es misst auf der Angebotsseite, welche Fläche unser Planet hat: die Wälder, Felder, Weiden, Brachflächen, Straßen, Städte, versiegelte Flächen, Steppen, Wüsten, Meere, Seen, Eisflächen, eben alles, was unsere Erde an Flächen zu bieten hat. Dabei wird natürlich auch die unterschiedliche biologische Produktivität der Erdoberfläche berücksichtigt. Das Ergebnis entspricht der Biokapazität der Erde."

Der Ahorn holte tief Luft, versuchte etwas heftiger zu rauschen, um vielleicht doch noch ein paar Passanten auf sich aufmerksam zu machen, und fuhr dann fort: „Auf der Nachfrageseite wird berechnet, wie viel Biokapazität ihr Menschen verbraucht.

Energiegewinnung, Produktion von Gütern, Bauland, Viehzucht, Verkehr, Wohnen: jegliches Wirtschaften beansprucht Fläche. Auch Abfälle und Abgase muss die Umwelt verarbeiten. Dabei helfe ich zum Beispiel mit. Aber dazu später mehr. Mit dem ökologischen Fußabdruck könnt ihr Angebot und Nachfrage vergleichen. Wieviel Natur gibt es? Wie viel verbraucht jeder von euch? Wieviel verbrauchen die anderen? Die Einheit in diesem Buchungssystem ist die biologisch produktive Fläche. Sie wird in globalen Hektar, abgekürzt gha, dargestellt."

War das vielleicht etwas zu kompliziert für Menschen, überlegte der Ahorn. Ein starkes Rauschen ging jetzt durch seine Äste und Zweige.

„Das waren noch Zeiten, als ihr Menschen nur einen Bruchteil jener Naturressourcen genutzt habt, die die Erde zur Verfügung stellen konnte, ohne Schaden zu nehmen. Eigentlich war das die längste Zeit der Menschheitsgeschichte so. Doch jetzt sind es gerade mal ein paar Generationen her, da schlug das um. Seitdem verbraucht ihr mehr Biokapazität als die Ökosysteme der Erde dauerhaft bereitstellen können. Ihr lebt schlicht und ergreifend auf Pump. Zurzeit steht für jeden von euch Menschen auf der gesamten Welt 1,8 gha zur Verfügung. Und dabei ist jene Biokapazität noch nicht einmal berücksichtigt, die benötigt wird, um die Vielfalt der Tier- und Pflanzenwelt zu erhalten. Was aus mir und meinen fernen Verwandten wird, interessiert euch doch kaum. Darum liegt der eigentlich zu nutzende Fußabdruck noch deutlich darunter. Aber jetzt hört mal genau hin. Euer ökologischer Fußabdruck beträgt im Weltdurchschnitt 2,7 gha. Um auszurechnen, was das bedeutet, braucht ihr keinen Adam Riese und keinen Stephen Hawking. Ihr braucht einfach nur eins und eins zusammenzuzählen. Und was merkt ihr dann? Ihr nutzt so viel Natur als hättet ihr eineinhalb Planeten Erde zur Verfügung. Es wird also höchste Zeit für euch, auf kleinerem Fuß zu leben. Ihr tut so, als ob ihr immer und ewig in einem Schlaraffenland leben würdet und ahnt nicht, wie viel ihr davon bereits vernichtet habt."

Ein verspäteter Politiker hastete über den Platz dem Eingang zu. „Du hast gut reden", rief er im Vorbeieilen zum Ahorn hinauf. „Wenn wir Gesetze oder Resolutionen verabschieden würden, die unseren Fußabdruck kleiner machen sollen, wählt uns ja niemand mehr. Und wenn uns niemand wählt, wird vielleicht alles noch viel schlimmer. Und möglicherweise geht es dir dann erst recht an den Kragen. Was bringen Bäume wie du schon für einen Profit?! Also reiß den Mund nicht zu weit auf! Hör auf mit deiner ewigen Schwarzmalerei!"

Er hatte das Eingangsportal schon fast erreicht. Dann wandte er sich noch einmal um und rief dem Ahorn zu: „Da drinnen machen wir den Leuten keine Angst. Wir finden schönere Worte als du, auch wenn wir aus den unterschiedlichsten Ländern kommen."

Dann verschwand er hinter einer der großen Glastüren.

Trotzdem rief der Ahorn ihm noch nach:

„Vielleicht erkennt ihr dann auch, dass die Fußspur, die ihr hinterlasst, recht unterschiedlich ist."

Das konnte natürlich niemand in dem Gebäude hören. Trotzdem erklärte der Ahorn tapfer weiter, was er damit meinte.

„In Nicaragua kommt es mit 1,5 gha so gerade hin. In Indien ist es sogar nur 0,9 gha. Aber in Industrieländern wie Deutschland beträgt der durchschnittliche Naturverbrauch dafür 4,6 gha. Das haut wirklich rein! Und würden alle Menschen so leben wie die in den USA oder in den Emiraten, dann wären viereinhalb Planeten Erde nötig, um den Verbrauch der Menschheit nachhaltig zu gewährleisten."

„Das nervt", hörte der Ahorn einen der Wenigen sagen, die noch auf dem Platz waren. „Immer dieses Gemeckere! Erzähl doch mal etwas Erfreuliches!"

„Das ist schwierig. Denn ihr Menschen insgesamt verbraucht die Naturressourcen schneller, als sie sich erneuern können. Ihr erzeugt mehr $CO_2$ als die Ökosysteme aufnehmen und abbauen können. Und dabei helfe ich wie alle meine Baumkollegen eifrig mit. Doch wir alle zusammen können die große Menge, die ihr in den Himmel pustet, nicht wieder unschädlich machen. Zumal wenn ihr immer mehr von uns den Garaus macht. Riesige Flächen Wald vernichtet ihr jeden Tag. Gleichzeitig jagt ihr immer mehr $CO_2$ in die Luft. Schaut euch doch bloß einmal hier um! Wie viele Autos seht ihr? Wieviel Beton? Und wieviel Bäume?"

Aber es war niemand mehr da, der sich hätte umsehen können. Alle waren längst in den Betonschluchten, Hochhäusern, Aufzügen und U-Bahn-Schächten verschwunden. Auf einem riesigen Display konnte der Ahorn die flackernden Bilder der Auto- und Coca-Cola-Werbung sehen. Zwischendurch verkündete eine Laufschrift, was es neues aus dem Konferenzsaal des UN-Gebäudes zu berichten gab. Ein bahnbrechender Entschluss sei gefasst worden. In zehn Jahren wolle man sich wieder treffen, um zu überlegen, ob man sich vielleicht doch auf etwas einigen könne, ohne den derzeitigen Lebensstil zu gefährden."

Der Ahorn sah, wie zwei Jugendliche auf einem E-Scooter vorbeifuhren. Der eine zeigte dabei auf die die Laufschrift des Wand-Displays. „Lächerlich!", rief er dem anderen zu. „In zehn Jahren. Vielleicht. Möglicherweise. Aber nur, wenn alles so bleibt wie es ist."

„Die Alten leben doch auf unsere Kosten", entgegnete der andere. „Sie verprassen unsere Zukunft!"

„Recht habt ihr", rief der Ahorn ihnen nach. „Bitte, nehmt euch die Erwachsenen nicht zum Vorbild. Denn was dabei herauskommt, wenn sie die Sache in die Hand nehmen, wisst ihr. Wie die Welt aussieht, wenn sie sie ausschlachten, seht ihr. Ihr habt die Suppe auszulöffeln, die sie euch eingebrockt haben. Bitte, nehmt euch die Erwachsenen nicht zum Vorbild. Aber setzt alles daran, dass eure Kinder euch einst zum Vorbild nehmen können."

Der Ahorn war sich nicht sicher, ob die beiden das überhaupt noch gehört hatten. Diese E-Scooter sind ja so wahnsinnig schnell wie alles in diesen Zeiten. Vielleicht hätten die beiden ihre Enttäuschung in Worte gefasst, überlegte er. Oder sie hätten sogar ihre Wut den Abgeordneten ins Gesicht geschrien, hätte man sie in den Sitzungssaal hereingelassen. Aber nicht einmal ihm hatte man das erlaubt und seine Argumente vortragen lassen.

Der Ahorn ließ seine Blätter kraftlos an den Zweigen herabhängen. Aber hätten sie ihm überhaupt zugehört? Hätte er sie aufrütteln können? Hätte er es verhindern können, dass sie die Probleme nur wieder vor sich herschieben und vertagen? Würde es in zehn Jahren nicht längst zu spät zum Handeln sein? Enttäuscht ließ der Ahorn die ersten Blätter zu Boden fallen. Es war Herbst. Das Ende des Jahres war in Sicht. Und vielleicht auch das Ende einer Erde, die in Zukunft nicht mehr ein Überleben der Bäume wie das der Menschheit ermöglichen konnte.

Da kam eine Mutter mit ihrer kleinen Tochter über den Platz. Sie fand das leuchtend rote Ahornblatt auf dem Boden, bückte sich und hob es auf.

„Ist das schön!", freute sich das Mädchen. „Wenn ich groß bin, werde ich ganz viele Bäume pflanzen, damit es überall so schön leuchtet auf der Welt." Da wusste der Ahorn, dass es vielleicht doch noch eine Hoffnung gab.

# Tobias Lagemann - Aleppo 66/69

Ich verstehe ihre Sprache nicht. Sie können nicht gehen. Sie sitzen in Rollstühlen. Ihre Hände halten Smartphones. Der Sportraum befindet sich in der zweiten Etage. Ihre Beine sind dünn. Das Laufband steht im Sportraum. Über dem Laufband hängt ein Gurtsystem. Ich verstehe ihre Sprache nicht. Sie werden in den Sportraum geschoben. Aus ihren Smartphones kommt Musik. Sie können nicht gehen. Sie werden eingehängt in das Gurtsystem. Ich verstehe ihre Sprache nicht. Ihre Füße tasten nach dem Laufband. Ihre Füße sind Hindernisse. Ich kann gehen. Ihre Hände halten Smartphones. Ich gehe auf einem anderen Laufband. Ihre Beine sind dünn. Ich kenne ihre Musik nicht. Ich kann zu Fuß zur Einrichtung gehen. Sie können nicht gehen. Ihre Hände halten Smartphones. Der Therapeut hat sie in das Gurtsystem einhängt. Ihre Beine sind dünn. Sie schauen auf ihre Smartphones. Ich höre ihre Musik. Ihre Füße sind Hindernisse. Ihre Beine sind dünn. Sie können nicht gehen. Ihre Hände halten Smartphones. Sie lernen zu gehen. Sie gehen tausend Schritte. Sie hören ihre Musik. Ihre Füße tasten nach dem Laufband. Sie schauen nicht auf den Schrittzähler. Ich kann gehen. Sie gehen eingehängt in das Gurtsystem. Sie gehen tausend Schritte. Aus ihren Smartphones kommt Musik. Meine Füße sind kein Hindernis. Der Therapeut hilft ihnen zurück in den Rollstuhl. Sie schauen auf ihre Smartphones. Ich höre ihre Musik. Manchmal fahren sie Fahrrad. Ihre Füße werden an die Pedale fixiert. Ihre Hände halten Smartphones. Ich verstehe ihre Sprache nicht. Sie treten die Pedale. Sie schauen auf ihre Smartphones. Ich schaue auf den Geschwindigkeitsmesser. Sie fahren langsam. Ich kann gehen. Sie hören Musik. Ihre Beine sind dünn. Ihre Hände halten Smartphones. Ich schaue ihren Füßen zu. Ihre Füße sind Hindernisse. Gestern bin ich mit dem Fahrrad zur Einrichtung gefahren. Ihre Füße sind an die Pedale fixiert. Ich kann gehen. Ich habe mich auf einem Ergometer aufgewärmt. Ihre Füße sind Hindernisse. Ich kann in die dritte Etage gehen. Ihre Beine sind dünn. Sie werden aus dem Sportraum geschoben. Ich nehme die Treppe in die dritte Etage. Mein Blutdruck wird gemessen werden. Ich kann zu Fuß zur Einrichtung gehen. In der dritten Etage haben sie Zimmer. Ich kann gehen. Ihre Füße sind Hindernisse. Die Zimmertüren sind geschlossen. Sie sitzen in Rollstühlen. Ich höre Fernseher. Auf der zweiten Etage standen Türen auf. Sie liegen auf Betten und schauen auf Fernseher. Sie können nicht gehen. Ihre Fernseher sind groß. Ich verstehe ihre Sprache nicht. Ich sehe meine Hände. Ihre Hände halten Smartphones. Mein Blutdruck wird gemessen werden. Ich sitze auf einem Stuhl. Ihre Füße sind Hindernisse. Sie schauen auf ihre Fernseher. Ich verstehe ihre Sprache nicht. Meine Hände zittern. Sie sitzen in Rollstühlen. Ich kann zur Einrichtung gehen. Ich kann zum Blutdruckmessen gehen. Meine Hände zittern. Der Schrei. Ich höre den Schrei. Meine Hände halten kein Smartphone. Ich verstehe den Schrei. Ihre Füße sind Hindernisse. Ich sitze auf dem Stuhl und verstehe den Schrei. Die Krankenschwester eilt über den Flur. Sie liegen in ihren Betten. Sie haben große Fernseher. Der Schrei. Ich verstehe ihre Sprache nicht. In dem Schrei sind Worte. Meine Hände zittern. Die Worte sind ein Schrei. Ich habe Erinnerungen. Ich kann auf dem Laufband gehen. Ich verstehe den Schrei. Sie halten Smartphones in ihren Händen. Sie sitzen in Rollstühlen. Er schreit. Er hat Erinnerungen. Die Krankenschwester spricht ihre Sprache. Wir haben Erinnerungen. Er kann nicht gehen. Ich sitze in dem Zimmer. Meine Hände zittern. Ich höre seine Schreie. Mein Blutdruck wird gemessen werden. Ich höre seine Worte. Ich verstehe seine Sprache nicht. Ich höre seine Schreie. Angst ist eine Sprache. Ich verstehe seine Schreie. Wir haben Erinnerungen. Ich kann gehen. Wir haben Angst. Unsere Erinnerungen sind Angst. Sie sitzen in Rollstühlen. Wir schreien. Die

Erinnerungen sind Gegenwart. Ich verstehe ihn. Ich kann gehen. Ihre Füße sind Hindernisse. Meine Schreie sind stumm. Füßen sieht man Angst nicht an. Ich kann gehen. Sie sitzen in Rollstühlen. Man sieht die Angst nicht. Wir haben Erinnerungen. Ich sehe sie. Ich höre ihn. Sie halten Smartphones in ihren Händen. Ich kann zu Fuß zur Einrichtung gehen. Unsere Erinnerungen sieht man nicht. Sie können nicht gehen. Diese Angst. Erinnerungen sind Hindernisse. Sie sitzen in Rollstühlen.

Unsere Erinnerungen.

Ich. Sie.

Unsere Angst.

Sie. Ich.

Angst.

Wir.

# Renate Schiansky - anders

Konrad war nicht wie die Anderen. Er war ein wenig zu klein und ein wenig zu schwer, ein kahler Schädel saß auf einem zu kurzen dicken Hals. Aus seinem runden Gesicht blickten müde kleine Augen halb unschuldig, halb verständnislos in die Welt. Auf krummen Beinen schlurfte Konrad durch die Straßen der Stadt, eingehüllt in einen zerlumpten Mantel, unter dem fadenscheinige Hosenbeine hervorschauten. Dem linken Schuh fehlten die Schnürsenkel, vom rechten löste sich die Sohle. Es gab kein Bad dort, wo er schlief. Den Kopf gesenkt, den Blick zu Boden gerichtet, den Rücken gebeugt unter der Last des großen braunen Rucksacks, den er ständig mit sich schleppte, wanderte Konrad jeden Tag, bei jedem Wetter, durch die Stadt. Er sprach mit niemandem, und niemand sprach mit ihm.

Selma liebte die Windspiele aus bunt bemalten Blechdosen, die zu Dutzenden vom Brückengeländer baumelten und sanft in der lauen Nachmittagsbrise schaukelten. Sie erinnerten sie vage an ein früheres Leben: Sand und Sonnenschein und bunte Tücher im Wind. Ein Leben vor den Granaten, vor dem Grauen, vor dem allgegenwärtigen Tod. Ein Leben vor dem Jetzt. Ein flacher, bemooster Stein an der Uferböschung war hier nun ihr Lieblingsplatz, da saß sie und lauschte dem Klang der Blechbüchsen und sah den Sonnenstrahlen zu, die sich in ihren Rillen verfingen, von dem glatten Metall reflektiert wurden und im Gras und auf dem Treppelweg in hellen Kreisen tanzten. Sie versuchte, sich vorzustellen, wer sie wohl aufgehängt haben mochte, und so verweilte sie oft stundenlang, in Gedanken versunken, am Fluss. Sie sprach mit niemandem, und niemand sprach mit ihr.

Konrads Atem war schwer, so wie die Last, die er trug. Manchmal röchelte, manchmal hustete er, manchmal hielt er inne, um zu verschnaufen. Passanten sahen rasch weg, Schmutz und Geruch ekelten sie an, sie beeilten sich, der Armut auszuweichen, auf die andere Seite der Straße. Kleine Kinder zupften ihre Eltern am Ärmel und flüsterten neugierige Fragen, und manchmal drohten die Eltern: Sieh nur, der Mann mit dem Sack kommt, dich zu holen! Und die Kleinen ängstigten sich, während die Älteren lachten, wenn auch verhalten und mit leisem Schaudern.

Konrad wusste von alldem nichts. Einsam zog er seiner Wege, nur hin und wieder bückte er sich, hob etwas vom Boden auf, verstaute es in seinem Rucksack und wanderte scheinbar ziellos weiter.

Selma war auch nicht wie die anderen. Ihre Haut war ein wenig zu dunkel und und ihre Stimme ein wenig zu tief. Ein Kopftuch aus bunter Seide schmückte ihr tiefschwarzes Haar. Nach Schulschluss ging sie einkaufen, holte ihre kleinen Brüder vom Kindergarten ab und bereitete das Essen zu. Sie wohnten in der Siedlung, die die Anderen mieden; in einer Baracke mit vielen kleinen Zimmern und vielen anderen Familien aus vielen fremden Ländern. Manchmal lief Selma an Sonntagen hinüber zu den Mädchen in den Stadtpark, aber sie kannte die Spiele nicht und die Lieder waren ihr fremd, also rief man ihr bald böse Worte zu und stieß sie aus dem Weg. So blieb Selma meist für sich. Lange Ärmel schützten ihre Arme, ein langer Rock ihre Beine. Wenn die Anderen zum Schwimmen an den Teich liefen, spazierte Selma zur Brücke mit den Windspielen.

Vielleicht war es die ungewöhnlich heiße Kraft der Sonne, die den Mann straucheln ließ, vielleicht auch die Last seiner Jahre. Man sah ihn stürzen und sah rasch weg; da und dort regte sich wohl kurz ein schlechtes Gewissen, aber es zog sich alsbald wieder zurück und man hastete weiter. Allein das Mädchen mit dem bunten Kopftuch blieb stehen. Es half dem alten Mann auf die Beine, geleitete ihn zu einem niedrigen Betonsockel am Straßenrand und bot ihm aus seiner Wasserflasche zu trinken an.

Konrad, die Arme vor der Brust verschränkt, wippte ein paar Mal auf und ab, während Selma beruhigend auf ihn einredete. Er verstand die Worte nicht, die sie in ihrer fremden Sprache zu ihm sagte, doch sie drangen ganz tief und wärmten sein Herz. Langsam hob er den Kopf, nickte und lächelte. Er schnürte seinen Rucksack auf und drückte dem Mädchen eines seiner wunderschönen, bunten Mobiles aus Blechdosen in die Hände.

Selmas Augen glänzten.

Konrad erhob sich mühsam, schulterte seinen Sack und schlurfte seiner Wege.

Selma drückte ihr Windspiel ganz fest an sich und sah Konrad nach, bis er um die nächste Ecke verschwunden war.

# Julius Südhoff - Berge und Schluchten

Es gab einmal ein Land, das war flach wie ein Blatt Papier. Ohne Berge und Schluchten oder Meere, die es trennten. Als die Zeit der Menschen gerade erst angebrochen war, lebten sie mit Pflanze und Tier in friedlicher Eintracht.

Doch bald blickten die ersten Menschen von Sehnsucht erfüllt zu den Wipfeln der Bäume empor und beneideten sie um ihre stattliche Erscheinung und Größe.

Da begannen die Menschen Häuser zu bauen und sich Pflanze und Tier untertan zu machen. Sie bauten ihre Häuser immer höher und machten sich einen Wettkampf daraus, einander zu übertrumpfen. Jeder wollte den besten Ausblick genießen und blickte missgünstig zu dem Haus seines Nachbarn herüber. Also fingen die Menschen an ihre Häuser zu streichen.

Von jetzt an war es der sehnlichste Wunsch jeden Mannes und jeder Frau, nicht nur das höchste, sondern auch das schönste Haus zu besitzen. Um sich von der Nachbarschaft abzuheben und einzigartig zu erscheinen, wählten sie die ausgefallensten Farben. Bald erstrahlten die Städte wie ein Regenbogen. Doch auch das reichte den Menschen nicht. Sie begannen ihre Häuser mit Buchstaben zu beschreiben. Ein jeder schrieb in großen Lettern an die Hauswände, warum gerade sein Haus das höchste und schönste sei. Sie schrieben Gedichte und Sprüche über ihre Haustüren. Man gab seinem Zuhause hochtrabende Namen, die doch nichts bedeuteten. Immer ausgefallenere Sprüche zierten die Häuser, bis auch sie in der Masse aus Worten ihren Schneid verloren. Immer mehr musste her, um hervorzustechen.

Trunken von ihrem Sehnen nach Größe, beauftragten nicht wenige die besten Bildhauer und Künstler, für Skulpturen von sich selbst im

Vorgarten und verzierte Haustüren, die sich immer seltener öffneten, um Gäste einzulassen.

Als die Menschen merkten, dass man Macht und Ansehen viel besser zusammen erreichte, begannen sie sich Gleichgesinnte zu suchen und Gruppen zu bilden. Sie gaben ihren Gruppen Namen und erfanden Wappen und Hymnen. Die Menschen strichen ihre Häuser in den Farben ihrer Gruppen und hissten weithin sichtbar ihre Fahnen. Und sie bauten zusammen Gemeinschaftshäuser, wo sich die Gleichgesinnten trafen. Diese sollten nicht nur die höchsten und schönsten, sondern auch die Größten sein. Sie bauten und bauten und verloren den Blick für alles andere als ihre eigene Bedeutung. Die Städte erschienen nun nicht mehr kunterbunt, sondern geteilt. Rote Häuser standen neben roten, blaue neben blauen, schwarze neben schwarzen und weiße neben weißen.

Wie sollte es auch anders sein, erschienen den Menschen die Meinungen und Überzeugungen ihrer Gruppe als die weisesten und klügsten. Sie hörten auf, einander zuzuhören, und gaben sich immer öfter mit einfachen Antworten zufrieden; machten es sich allzu gemütlich im Schatten des Halbwissens. Nur wenige suchten noch wirklich nach der Wahrheit und zu viele fingen an, ihre eigene zu erfinden.

Um das hart erarbeitete Ansehen innerhalb der Gruppe zu bewahren, versuchten sich die Menschen zu verstellen. Jedes falsche Wort, allein ein falscher Blick reichte aus, die Arbeit von Jahren zunichtezumachen. Vor dem heimischen Spiegel zeigten sie ihr wahres Gesicht, doch sobald sie ihre Häuser verließen, setzten sie ihre Masken aus Gleichgültigkeit auf. Ihre Herzen wurden langsam aber sicher kalt und gefühllos, wie die ihrer steinernen Abbilder. Immer öfter verließen sie ihr geliebtes Zuhause gar nicht erst. Wenn sie es dann doch taten, blieben sie unter ihresgleichen und mieden jene, die anders dachten. Selbst beste Freunde aus ersten Tagen wurden sich fremd.

Dermaßen überzeugt von der eigenen Wahrheit und der Rechtschaffenheit ihrer Absichten, schauten die Gruppen bald aufeinander herab. Sie lobten sich selbst in den höchsten Tönen und gaben dem, was sie trennte mehr Gewicht, als dem, was sie einte. Ihr Streben nach Macht und Anerkennung kannte keine Grenzen. Bald reichte es nicht mehr aus, die eigene Größe zu feiern. Also begannen die verschiedenen Gruppen einander zu beschimpfen und schlecht zu machen, um die eigene in ein besseres Licht zu rücken. Sie schmierten Lügen und Gemeinheiten an die Wände ihrer Gegner. Wieder und wieder. Bald gab es keine Mitte mehr, nur noch schwarz und weiß und sie führten ihre Streitigkeiten mit harten Worten. Die Menschen begannen Zäune und Mauern zu bauen; im Kopf und mit Stein und Mörtel. Diejenigen, die sich für keine Seite entscheiden wollten, wurden eher als zukünftiger Feind, denn als Freund gesehen und man zeigte ihnen lieber die geballte Faust statt der offenen Hand. Hässliche Worte standen nun an den Wänden und erklangen in den Straßen. Auch wenn man sie wegwusch und zu vergessen versuchte, blieben sie doch im Geiste geschrieben und gesagt und brodelten verborgen weiter. Kleine, vereinzelte Missverständnisse führten zu großen und bald zu Streitereien über Grundsätze.

Erschien jede einzelne Streiterei und Beschimpfung für sich allein nichtig und unbedeutend, so waren sie zusammen doch das laue Lüftchen, das zu einem zerstörerischen Sturm anschwillt. Und einmal entfesselt, ließ der Sturm aus Hass sich nicht wieder einfangen. Die Menschen begannen die Fäuste gegeneinander zu erheben und sich Leid zuzufügen. Selbst innerhalb ihrer Gruppen wünschten sie sich gegenseitig das Unglück auf Erden und wandten sich voneinander ab.

Als sie eines Tages aufwachten, hatte sich das Antlitz des Landes verändert. Es war nicht mehr flach und eben, sondern voller unüberwindbarer Berge, Schluchten und Meere, die ihre Häuser voneinander trennten. Am nächsten Tag bot sich ihnen derselbe Anblick. So war es auch am zweiten und dritten.

Da bereuten es die Menschen, sich voneinander abgewandt und sich selbst wichtiger genommen zu haben als andere. Sie rissen die Mauern und Zäune nieder und versuchten erfolglos, die Berge und Schluchten zu überqueren und die Meere zu durchschwimmen, um das Gesagte und Getane zurückzunehmen und alte Fehden zu beenden. Doch diese Hindernisse konnten nicht einfach wieder niedergerissen werden, wenn man seine Meinung änderte. Sie ließen sich nicht einfach wieder zurücknehmen wie Worte, die in der Leidenschaft des Augenblicks gefallen waren.

Die Menschen hatten zu lange Zeit nicht darauf geachtet, wie sich langsam aber sicher Risse zwischen ihnen bildeten und stetig größer und tiefer wurden, bis es zu spät war. Berg, Schlucht und Meer blieben den Menschen als Erinnerung daran, wie schnell Gedanken Flügel wachsen und sie zu Worten und Taten werden.

So fristeten sie den Rest ihres Lebens allein in ihren hohen, schönen, großen und so einsamen Häusern. Während die einen von einer verlorenen Zeit ohne Berg und Tal träumten und sich mühten Brücken zu bauen, suhlten sich andere in vergangenem Kummer und alten Kränkungen. Hass und Leid hatten bleibende Narben im Land hinterlassen. Die Wunden, die sie an Körper und Seele geschlagen hatten, brauchten ein ganzes Menschenleben, um wieder zu heilen. Und manche taten es nie.

# Andrea Brenner – Zu Besuch bei Marie

Emily war ganz mulmig zumute, als sie die neue Schule betrat. Gegen den Umzug hatte sie sich mit aller Kraft gewehrt, doch es hatte nichts genützt. Da stand sie nun, verloren, in einer riesigen, kahlen Schule, wo sie kein einziges Kind kannte. Und wie sehr sie ihre Freundinnen vermisste. Als sie ihre Klasse betrat, blieb sie wie erstarrt in der Türe stehen. Es war schrecklich laut. Jungs liefen kreuz und quer, beschossen sich mit Papierfliegern und ein paar Mädchen schrien wie wild durch die Gegend. Verunsichert sah sie sich um, außerdem hatte sie keine Ahnung, wo sie sich hinsetzen sollte. Da war sie: blondes, gelocktes Haar und ein zauberhaftes Lächeln. Sie winkte ihr zu und rief:

„Hier her! Bei mir ist noch ein Platz frei!"

Das Mädchen deutete auf den Stuhl neben ihr. In diesem Moment erschien sie Emily wie ein rettender Engel. Rasch huschte sie hinüber und setzte sich.

„Ich bin Marie", stellte das Mädchen sich gleich vor, „und wie heißt du?"

„Emily", antwortete sie schüchtern.

Da betrat auch schon die Lehrerin den Klassenraum. Eine stämmige, grimmig blickende Frau mit fettigem, schwarzem Haar. Emily wurde kurz vorgestellt und sogleich wurde mit dem Stoff begonnen. Deutsch war Emilys Lieblingsfach, doch bei dieser Lehrerin war es irgendwie langweilig. Es fehlte der Pepp und sie war auch nicht gerade die Nettigkeit in Person. In der Pause unterhielt Emily sich mit ihrer Sitznachbarin. Marie wollte wissen, warum Emily hergezogen war.

„Ach weißt du, meine Eltern haben sich scheiden lassen."

„Oh nein, das tut mir leid!", rief Marie und blickte Emily mitleidig an.

„Schon okay. Papa war sowieso nie da und dauernd auf Geschäftsreise. Jetzt habe ich jedes zweite Wochenende exklusive Papa-Zeit mit ihm. Ich sehe ihn also öfter, als vorher und wir unternehmen die coolsten Sachen. Aber der... der Umzug!", Emily schossen die Tränen in die Augen und sie ballte ihre Fäuste.

„Du wirst sehen, bald wird es dir hier gefallen." Marie lächelte aufmunternd.

In den nächsten Wochen wurden Emily und Marie unzertrennlich. In der Schule teilten sie so ziemlich alles miteinander und nachmittags zeigte Marie Emily die besten Plätze der Stadt. Sie waren im Park, am Spielplatz, im Hallenbad, im Einkaufszentrum und Eis essen. Dank Marie gefiel Emily ihre neue Heimat immer besser. Einmal lud Emily Marie zu sich nach Hause ein und sie verbrachten einen tollen Nachmittag. Sie spielten mit Emilys Barbies, schminkten und kämmten ihre Puppe und tollten am Spielplatz vor ihrer Wohnung umher. Emilys Mutter servierte ihnen eine Jause und danach sahen sie sich ihre Lieblingsserie im Fernsehen an.

Ein paar Tage später in der Schule sagte Marie ganz leise: „Meine Mama hat gesagt, ich soll dich auch einmal zu mir nach Hause einladen. Aber zu mir kommen fast nie Freundinnen. Und bitte... bitte lach mich nicht aus."

Emily verstand nicht, warum Marie die Befürchtung hatte, dass sie sie auslachen könnte. Wohnte sie etwa in einer Bruchbude? Emily traute sich aber nicht zu fragen. Sie würde es ohnehin bald sehen.

Am Tag des Besuchs brachte Emilys Mutter sie zu Marie. Eine blonde Frau mit ebenso schönen Locken wie Marie öffnete die Tür.

„Ich bin Maries Mutter. Wir werden heute gemeinsam einen schönen Nachmittag verbringen", sprach sie und lächelte.

Die Mütter unterhielten sich kurz und die beiden Mädchen liefen in Richtung Maries Zimmer. Am Weg dorthin trafen sie eine braunhaarige Frau, die sich ebenfalls vorstellte:

„Hallo, du musst Emily sein. Ich bin Maries Mutter."

„Ähm, hallo", antwortete Emily verdutzt.

Was? Zwei Mütter? Emily war verwirrt. Marie nahm ihre Hand und zog sie weiter in ihr Zimmer.

„Ich sagte doch, lach mich nicht aus."

Emily war verwundert über diese Aussage, denn sie hätte nicht mal im Traum daran gedacht, Marie zu verspotten.

„Wo ist denn dein Papa?", fragte sie interessiert.

„Ich... ich habe keinen", antwortete Marie etwas beschämt.

„Na das ist doch toll. Zwei Mütter bedeutet doppelt soviel kuscheln, doppelt so viele Küsse und doppelt soviel Liebe", sagte Emily und lächelte aufmunternd.

„Ich weiß!", rief Marie. „Es ist großartig, zwei Mütter zu haben. Ich hatte nur Angst, wie du darauf reagieren würdest."

„Na wie schon? Ich bin neidisch!", antworte Emily und lachte.

„Das freut mich", Marie senkte ihren Blick. „Die meisten meiner Freundinnen konnten damit nicht umgehen und wollten mich deshalb nie besuchen."

Emily dachte, wie engstirnig diese Freundinnen doch sein mussten.

„Komm, wir spielen etwas", schlug sie vor, um Marie etwas abzulenken. Die beiden Mädchen verbrachten einen wundervollen Nachmittag. Sie hüpften im Garten auf dem riesigen Trampolin und spielten Kaufmannsladen in Maries Zimmer. Maries braunhaarige Mutter arbeitete die ganze Zeit über im Garten und ihre blonde Mutter zauberte ihnen ein leckeres Abendessen. Als sie zu viert am Tisch saßen, unterhielten sie sich ganz wundervoll und lachten oft.

Emily war beeindruckt von Maries braunhaariger Mutter, die die schweren Gartenarbeiten ganz alleine erledigt hatte.

„Als wir noch im Haus gewohnt haben, hat solche Arbeiten immer nur Papa gemacht", erzählte sie.

Maries Mütter schmunzelten und nahmen sich an den Händen.

„Wir schaffen das auch ganz gut ohne Mann", sagten sie fast im Chor und schenkten sich ein zauberhaftes Lächeln.

Emily fühlte eine wohlige Wärme im Bauch. Sie fühlte Hoffnung, dass ihre Mutter es auch alleine schaffen würde, ganz ohne ihren Papa.

Als Emily abgeholt wurde, wollte sie noch gar nicht nach Hause. Es war einfach zu schön bei Marie und ihrer Familie. Im Auto berichtete sie ihrer Mutter begeistert von dem tollen Nachmittag und Maries beiden Müttern. Emilys Mutter freute sich, dass sie so eine tolle Freundin gefunden hatte.

Abends vor dem Schlafengehen ließ Emily in Gedanken den Nachmittag noch einmal Revue passieren. Sie dachte daran, dass Maries Familie eine komplett andere Art von Familienleben führte, als sie es von sich oder von ihren früheren Freundinnen zu Hause kannte. Doch noch nie zuvor hatte sie sich in einer Familie so wohl gefühlt. Diese Wärme, Freundlichkeit und Liebe hatte man förmlich spüren können. Sie freute sich schon, am nächsten Tag in der Schule ihre beste Freundin Marie wiederzusehen, und schlief glücklich und zufrieden ein. Was für ein schöner Tag!

# Christian Mutzel - Aus dem Tagebuch eines erschütterten Enthusiasten

Mittwoch, 22.05.2020

Das erste Mal seit fünf Tagen, dass ich wieder einen Eintrag verfasse. Ich musste mich erst fassen, soweit es überhaupt möglich ist. Mir geht es sehr schlecht. Und das aus drei verschiedenen Gründen. Erstens: Die in Verzweiflung aufgerissenen Augen des alten Mannes haben sich noch immer unlöschbar in meine Gedanken gebrannt. Die Zuckungen seines Körpers im letzten Moment lebendiger Regung, das bleierne, im Todeskampf geborene Röcheln und sein letzter Atemzug, der so verkrampft hervorkam, als würde die Brust des Greises bersten – das alles verfolgt mich bis in meine Träume. Ich kann nicht schlafen, nicht essen, finde keine Ruhe. Mein schlechtes Gewissen plagt mich unentwegt, frisst sich mit unbändiger Gier durch meine Seele. Ich stand mehrmals kurz davor, zur Polizei zu gehen und zu gestehen. Doch immer wieder hielt mich nackte Panik zurück, bei dem Gedanken an die Strafe, die mir blühen könnte. Was würde dann aus meiner Mutter? Sie musste ohnehin bereits so viel erdulden. Wenn ihr einziger Sohn ins Gefängnis müsste, würde sie dies ohne Zweifel zerstören. Und sie ist doch hilfsbedürftig. Wer sollte sich dann um sie kümmern?

Aber würde mich eine Gefängnisstrafe erwarten? Strenggenommen hatte ich den Tod des Mannes nicht zu verantworten. Ja, wir wollten ihn erschrecken. Ihn einschüchtern. Es sollte ein Spaß sein, kein echter Überfall. Wir konnten ja nicht ahnen, dass der Alte ein so schwaches Herz hatte, dass der Schock ihn gleich aus dem Leben reißt. Dennoch haben wir sein Ableben wohl zu verantworten. Ich fühle mich so schuldig. Wir hätten zumindest einen Krankenwagen rufen und zum Ort des Vorfalls schicken sollen. Nun bin ich zu feige, mich im Nachhinein der Verantwortung zu stellen.Ich wusste zunächst eigentlich gar nicht, wer der Mann war. Richard hatte ihn nur als elendes Kapitalistenschwein bezeichnet, dem man eine kleine Lektion erteilen musste. Ich habe es so akzeptiert. Nun weiß ich, dass es sich um den Inhaber einer Ladenkette handelte. Ich habe einen Zeitungsbericht über ihn zu seinem Tode gelesen. Sein Unternehmen stand immer wieder in der Kritik wegen schlechten Arbeitsbedingungen, aber hervorgehoben wurden die regelmäßigen Großspenden für das städtische Krankenhaus. War er nun ein guter oder schlechter Mensch? Das kann ich nicht sagen. Aber verdient zu sterben hatte er es wohl nicht.

Der zweite Grund, warum es mir so miserabel geht, ist der Gedanke daran, wie kalt und emotionslos diejenigen waren, die mit mir an diesem Vorfall – mir fällt gerade kein anderes Wort ein – beteiligt waren. Jasmin, Ben, Thorsten und eben Richard, der Anführer unserer kleinen Gruppe, sie alle taten den Tod des Mannes als eine Lappalie ab. Erst dachte ich, sie gaben ihre Abgebrühtheit nur vor, doch nach ein paar Gesprächen mit ihnen, musste ich erkennen, wie ernst sie es meinten, wenn sie etwa sagten, dass „der Sack dies verdient hat" oder dass „man um Kapitalistendrecksschweine nicht trauern müsste" und dass „mehr von ihnen verrecken müssten".

Vor allem Richard drückt sich immer sehr radikal aus. Ich mein, das hatte er schon früher, als ich ihn kennengelernt habe. Aber bis dahin haben wir nur ein paar harmlose Protestaktionen gegen das System unternommen und ich dachte bislang, seine pathetischen Reden und seine aggressive Art wären nur eine Masche, um die Leute etwas mehr anzuheizen, zu motivieren, damit sie sich aufraffen für die „gerechte, antikapitalistische Sache". Ich hätte nicht gedacht, dass in ihm wirklich solch eine radikale Ader schlummert. Gut, Gewalt angewendet hatte er noch nicht, aber wer so kalt auf einen tödlichen Unfall reagiert, ist es dann bis zur Ausübung solcher nicht weit?

Mir kommt da die Mitarbeiterin der Immobilienfirma in den Sinn, die von zwei Typen niedergeschlagen wurde, nachdem auf einschlägigen Portalen, auf denen auch Richard und seine Mitstreiter posten, zum Angriff auf diese Firma geblasen wurden. Resultieren solche Taten aus dieser emotionalen Abstumpfung? Mir geht das nicht in den Sinn. Kaum einer von denen, mit denen ich sonst auf den Demonstrationen unterwegs war, zeigte etwas Mitgefühl über das Schicksal des Verstorbenen. Es schockiert mich. Was wäre, wenn der Mann keinen Herzinfarkt erlitten hätte? Hätten sie ihm dann am Ende vielleicht wirklich selbst etwas angetan? Ich dachte tatsächlich, ich würde mich einer guten Sache anschließen, mit Leidenschaft gegen etwas mehr Gerechtigkeit kämpfen, meinen Enthusiasmus für mehr Fairness in der Welt für sinnvolle Aktionen nutzen, aber jetzt bin ich nicht mehr sicher. Ich habe es zu lange ignoriert, mir alles schöngeredet, aber nach diesem Vorfall kann ich nicht mehr darüber hinwegsehen, in welchem Dunstkreis verrohter Sprache ich mich begeben habe, in ein Umfeld, für das das Mittel jeden Zweck heiligt. Zumindest mit Richards Gruppe will ich nichts mehr zu tun haben. Es muss anders möglich sein, um berechtigte Anliegen zu artikulieren. Aber wie? Einmal wollte ich mit Richard aber doch noch ein Gespräch führen. Leider hat er sich jedoch nicht mehr in unserem Zentrum blicken lassen. Es hat etwas Zeit beansprucht. Offenkundig haben mir nicht alle meiner ehemaligen Mitstreiter ganz vertraut, aber ich habe schließlich seine Adresse herausgefunden. Ich bin zu ihm gegangen und wollte ihn fragen, ob das wirklich sein Ziel ist, den Kampf für eine gerechtere Gesellschaft mit solch einer Verachtung gegenüber anderen Leben zu führen.

Ich staunte nicht schlecht, als ich zu Richards Haus kam. Von wegen Haus. Es war eine Villa. Eine prachtvolle Villa im nobelsten Viertel der Stadt mit einem riesigen Garten und Pool, soweit ich grob durch die Hecke des Gartenzaunes sehen konnte. Weiter kam ich leider nicht. Richard ging zwar an den Lautsprecher, ließ mich aber nicht herein. Er fragte wirsch, was ich den will. Auf mein Anliegen, mich hereinzulassen, damit wir uns unterhalten konnten, ging er nicht ein. Er wies mich ab, aber ich wollte nicht lockerlassen und fragte noch einmal nach. Schließlich kam er heraus an das Gartentor.

Ich war etwas schockiert von seinem Anblick. Der sonst so vitale Richard mit dem aufgeweckten Blick, der junge Manne, der vor Energie nur strotzte, wenn er seine klangvollen Reden schwang und sich leidenschaftlich in den nächsten Protestmarsch stürzte, sah gelangweilt und lethargisch aus, sein Blick war leer. Auf die Frage, wo er die letzten Tage war, antwortete er nur, dass er etwas mit der Familie zusammen war und dass er seinem Vater bei geschäftlichen Dingen half. Die übliche Routine, so nannte er es. Dies sprach er mit einer Stimme, so schlaff, dass sie nahe am Gespenstischen war.

Ich fragte, warum er gegen ein System kämpft, das es ihm offenkundig ermöglicht, ein schönes Leben zu führen. Ich fragte, warum diesen Kampf führt und ob ihm das verlorene Leben des alten Mannes wirklich so egal war. Ich fragte ihn, ob es ihm klar war, dass er seinen Kampf praktisch gegen sich selbst führt und ich fragte ihn, was denn eigentlich sein genaues Ziel ist. Ich erhielt auf keine Frage eine Antwort.

# Nora Brandt - Der Junge mit dem Suppenlöffel

*Eine Neuinterpretation des Märchens „Das kleine Mädchen mit den Schwefelhölzern" von H. C. Andersen*

Die Wellen der Nacht waren freundlicher als die des Tages. Unter der beißenden Sonne brannte das Salzwasser auf der wunden Haut, während man ständig damit beschäftigt war, es mit den bloßen Händen aus dem überfüllten Boot zu schaufeln. Nun war Ruhe eingekehrt und einige wenige hatten Schlaf gefunden. Ein Baby weinte. Die meisten lagen wach und erinnerten sich schwach der fernen Zeiten, in denen es noch Schlaf und Tränen gab. Die Stimmung auf dem Boot war mit Voranschreiten der Zeit so tot geworden, wie die Augen der Kinder. Zu Beginn gab es noch fast so etwas wie ein Gemeinschaftsgefühl. Zusammen machte man sich auf die Reise in ein besseres Leben. Nein, zurück in ein Leben. Die Hoffnung vor sich hertragend wie rohe Eier, pressten sich die Leiber aneinander, dicht und immer dichter, so dicht, dass man den Gelenken der fleischlosen Glieder Gewalt antat. Anfangs gab es noch Mitgefühl für klagende Seelen, doch unter der eigenen schweren Last der hoffnungstilgenden Tage wurde aus Mitgefühl Abstoßung. Man wollte den anderen schütteln, damit er mit dem Schluchzen aufhörte. Ein paar Mal intervenierte man kraftlos bei auftretenden Eskalationen. Eine Frau bezichtigte ihren Nebenmann, ihren Suppenlöffel gestohlen zu haben. Seine Frau mischte sich von der gegenüberliegenden Seite ein und kurze Zeit später wackelte das Boot gefährlich unter dem Aufstand. Erst als sich ein alter Mann, der bislang kein Wort gesprochen hatte, aufrichtete, so gut es ihm gelang, und ein lautes Ruhe! brüllte, verstummten die Insassen. Das letzte, was wir auf einem Boot ohne Nahrung brauchen, ist ein Suppenlöffel, fügte er kopfschüttelnd hinzu. Dann versank die Gruppe wieder in Schweigen.


Wie gerne hätte der Junge nur für eine Sekunde die schmerzenden Beine ausgestreckt. Doch daran war nicht zu denken. Die schmalen Bänke standen dicht an dicht. Über seinem Schulterblatt saß die Verspannung so tief, dass der Schmerz sich in heißen Strahlen in seine Schläfen schrieb und es vor seinen Augen blitzte. Er musste schlafen. Doch Schmerz, Hunger, Kälte und Angst hielten ihn wach. Er fühlte sich, als hätte er Mehl getrunken, so trocken war seine Kehle. An etwas Schönes denken, sagte er innerlich sein Mantra auf.

Der Mond spiegelte sich auf dem kräuselnden Wasser und die Kälte umklammerte ihn erbarmungslos. Wenn er die Augen zusammenpresste, sah das Mondlicht fast aus wie die Sonne. Fast konnte er ihre warmen Strahlen spüren. Das schwarze Wasser verwandelte sich in den erdigen Boden des Fußballplatzes, auf dem er mit seinen Freunden in den Abendstunden zusammenkam. Am Rand sangen und tanzten ein paar Mädchen. Darunter auch seines. Verstohlen warf sie ihm Blicke zu, ihr wildes Haar streng nach hinten gebunden und der Stein in ihrem Ohr glitzerte mit dem Leuchten in ihren Augen um die Wette. Jeder Sturm aufs Tor galt ihr. Sie wollte er eines Tages heiraten. Jetzt würde er sie nie wiedersehen. Genau wie alle anderen. Kaum fand eine schöne Erinnerung Einzug in seinem Kopf, wurde sie von ihrem schlimmen Ende ausgelöscht und es tat doppelt so weh. An etwas Schönes denken half also nicht. Schlafen, dachte er, schlafen hilft. Und während er das Wort Schlaf gedanklich vor sich hinbetete, wurden seine Lider und sein Atem schwerer und die Geräusche und Gefühle versanken im bleiernen Treibsand seiner Erschöpfung.

Ein heftiger Schmerz durchfuhr ihn. Er wurde von einem Tritt in seine Nieren geweckt. Scheinbar hatte er im Schlaf gezuckt oder geschrien. Lange konnte er nicht geschlafen haben. Es war noch immer tiefe Nacht und eiskalt. Kaum einer rührte sich, bis auf das Zittern, das die Leiber durchfuhr. Seine Augen fanden die Sterne und er versuchte, sie zu zählen. In seiner Hand hielt er verborgen einen Schatz. Alles, was er mit sich genommen hatte, hatte er auf dem Weg eingetauscht oder es war ihm gestohlen worden. Selbst das Armband aus Holzperlen, das ihm sein Mädchen eines Tages unter einem Stein versteckt hatte, hatten sie ihm nicht gelassen. Jetzt hatte er wieder etwas, das ihm gehörte, auch wenn es nur ein Suppenlöffel war. Aber wer wusste schon, ob er ihn nicht eines Tages gebrauchen konnte. Der Stiel des Löffels drückte fest in das Fleisch seiner Hand. Er war grobkantig und scharf. Er bemerkte, dass der Schmerz des Löffelstiels ihm etwas von der Kälte und dem schwindelnden Durst nahm, also drückte er fester zu. Je fester er drückte, desto blasser wurden die schlimmen Bilder in seinem Kopf und desto schwächer der Schmerz über seinem Schulterblatt. Er drückte so fest, dass er dachte, seine Finger würden sich jeden Moment aus den Gelenken kugeln. Die Sterne verschwommen in seinen Gedanken zu den Lichtern rettender Schiffe. Eine Träne verlor sich im klebrigen Staub seiner Backe.

Harmlos schien der Mond über das große weite Meer einer Welt, die die Augen verschloss. Viermal musste er schon die erbarmungslose Sonne ablösen, ohne dass die versprochene Rettung erschien. Der alte Mann hustete tief und knatternd. Ein Stern schien besonders hell. Er benannte ihn nach seinem Mädchen. Ihr Ohrring blitzte vor seinen Augen auf, dann ihr Lächeln. Wieder drückte er fest zu. Warmes Blut floss über seine Hand. So tröstend, so gut. Er führte seine Hand an sein Gesicht, um seinen staubigen Mund mit dem Blut zu benetzen. Warm und salzig. Er dachte an die Suppe, die seine Mutter immer kochte, wenn eine Ziege geschlachtet wurde. Er hörte die Hühner hinter dem Haus gackern. Wenn er den hellen Stern ganz fest ansah, sodass ihm die Augen tränten, war ihm, als könne er sein Mädchen lachen hören. Die Sterne am Himmel lächelten ihm freundlich zu. Der Mond schien plötzlich warm zu leuchten. Den Stern dort drüben benannte er nach seinem Vater, den daneben nach seiner Mutter. Der kleine war sein Bruder und der, der besonders laut lachte, sein bester Freund. Er sah sie jetzt als Sterne am Himmel; einer davon fiel herunter und bildete einen langen Feuerstreifen. Jetzt stirbt jemand, dachte er, denn seine Großmutter hatte ihm einst erzählt, dass, wenn ein Stern herunterfällt, eine Seele zu Gott emporsteigt. Einmal noch, dachte er und setzte die Klinge etwas höher, wo die Haut noch unverletzt war und die warmen, pulsierenden Adern besonders stark hervortraten. Die Wärme seines Körpers floss beruhigend über seinen Arm, seine Finger kribbelten und wurden ganz leicht. Alles in ihm wurde ganz leicht. Sein Mädchen winkte ihm zu, sein Vater hielt seine Arme für ihn auf, seine Mutter rief freudig seinen Namen, wie jeden Tag, wenn er mit seinem kleinen Bruder vom Wasserholen zurückgekommen war. Ich komme zu euch, dachte er. Er hörte die Lieder der Mädchen erklingen und alles wurde hell. Er spürte den Arm seines Vaters, er hob ihn zu sich in die Sterne und beide flogen in Glanz und Freude so hoch, so hoch; und dort war weder Kälte, noch Hunger, noch Angst – sie waren bei Gott. Der federleichte Körper legte sich auf das Bein, das ihn vorher getreten hatte, mit eingefallenen Backen und mit lächelndem Mund – gestorben in des vierten Mondes Licht.


Die Sonne eines neuen Tages schien über der kleinen Leiche. Starr lag das Kind im getrockneten Blut, einen Suppenlöffel in der Hand. Er hat den Löffel gestohlen, um sich zu töten, sagte man. Niemand ahnte, was er Schönes gesehen hatte, in welchem Glanz er mit dem Vater in die Sterne gegangen war.

# Monika Hürlimann - Der Aufbruch

*Die Geschichte „Der Aufbruch" wurde dem Debütroman der Autorin entnommen, Anthea Verlag Berlin, 2020. Mit freundlicher Genehmigung des Verlags.*

„Übermorgen fahren wir für immer nach Deutschland", sagte Mutter.

Marta verspürte einen eigenartigen Knoten hinter der Brust. Ihr Zwillingsbruder Tomek öffnete den Mund.

„Nach Deutschland? Warum?", fragte Marta.

„Es ist illegal. Kein Wort zu niemandem!"

„Aber ...?" In ihrem Kopf rasten so viele Gedanken, dass sie sich nicht auf einen einzelnen konzentrieren konnte.

„Sonst lande ich im Gefängnis", betonte die Mutter. „Am Montag geht ihr zur Schule und ich zur Arbeit. Wie üblich."

„Aber ... „

Mutter stand auf, holte aus dem Hausflur einen Koffer. „Ihr teilt ihn euch. Ich gehe Gassi mit Joka", sagte sie, rief die Hündin und ließ die Wohnungstür hinter sich zuknallen.

Eisige Stille umhüllte das Sofa, auf dem Marta und Tomek saßen. Er stützte seine Ellbogen auf die Knie und kaute an seiner Faust herum. Kalter Schweiß bedeckte Martas Rücken. Obwohl sie knapp fünfzehn waren, fühlte sich hilflos wie ein Kind. Was, wenn ich nicht mitwill?

„Wusstest du davon?", fragte Tomek.

„Nein."

„Hat das mit den Kommunisten zu tun?"

„Tomek! Hast du in der Schule irgendwas Gefährliches gesagt?!", fuhr Marta auf.

„Logisch nicht."

Sie blieb merkwürdig verunsichert. Tomek verschwand wortlos in der Küche, in deren Nische sein Bett stand, während sie sich die vielen Bücher im Regal anschaute. Sie war immer stolz darauf, dass sie nicht wie andere Leute lauter unnütze Kristallvasen hatten.

Die Zwillinge waren noch nie im Ausland gewesen. Es hieß, im Westen herrsche Freiheit und alles sei besser. Aber wie soll ich mich verständigen? Ich kann doch nur Schulrussisch. Mutter hätte uns einweihen müssen, dann hätte ich Deutsch gelernt! Sie wusste zwar nicht, woher, aber ihre Mutter beherrschte diese Sprache fließend.

Marta nahm ein Bad, ohne auf Mutter und die Hündin zu warten. Aus dem Schaum formte sie erdachte Lebensmittel und blies in die Masse, bis sie sich auflöste. Gab es drüben ein ganzes Stück Fleisch für jeden? Vor ihrem geistigen Auge türmten sich Würste und Schweinerippen, frisch, nicht mehrfach ausgekocht. Sie konnte sie förmlich riechen. Drüben trägt man sicher warme Winterstiefel, die Häuser sind bunt angestrichen, die Sportschuhe haben vorne keine Löcher für die größer gewordenen Zehen. Musste man im Westen auch Schlange stehen, um einzukaufen?

Bei den Danutowskis wurde es stiller als sonst. Die Zwillinge wussten, dass Fragenstellen unerwünscht war. Ihre alleinstehende Mutter arbeitete viel und hatte sie früher oft in die Obhut anderer gegeben. Ihren Vater kannten sie nicht einmal von Fotos.

In der ersten Nacht nach Mutters Eröffnung, dass sie fortgehen würden, träumte Marta von Büchern in übermannshohen Gestellen. Was gab es Schöneres!? Seit Langem wurde in Polen kaum etwas gedruckt. Ihre Leseleidenschaft stillte Marta in Bibliotheken. Sie hatte eine Hassliebe entwickelt für die in braunes Packpapier eingefassten Bände. Sie rochen modrig, waren abgegriffen, vergilbt, die Eselsohren und Fettflecken nervten - und gleichzeitig machten sie sie glücklich.

Am nächsten Tag, am Sonntag, schlief Tomek bis zum Mittag, und Mutter hatte Dienst im Internat. Marta hatte zwar keine Mühe mit Mutters geistig behinderten Schützlingen, aber gerade jetzt wäre sie lieber als Familie zusammen gewesen.

Sie besuchte die Messe, und obwohl ihr die Religion nicht viel sagte, fühlte es sich überraschend richtig an. Bevor sie ihre Kofferhälfte packte, warf sie vieles aus ihrem Zimmer weg. Einzig alle Polnisch- und Mathe-Hefte verschnürte sie fein säuberlich, denn sie wollte sie unbedingt behalten. Sie hoffte, sie irgendwann wieder in den Händen halten zu können. Schließlich war sie stolz auf die gelösten Aufgaben und auf ihre Aufsätze.

Mutter kehrte spät abends nach Hause zurück und tat, als wäre alles wie immer. Sie fragte nicht einmal, ob sie zu Abend gegessen hatten.

In der zweiten Nacht, bevor sie ein letztes Mal in Breslau zur Schule gehen würden, konnte Marta kaum schlafen. Erfolglos versuchte sie, die unbekannte Zukunft vor ihrem geistigen Auge zu entwerfen.

Am Montagmorgen des 30. April 1984 stand sie müde auf. Um in der Schule nicht aufzufallen, meldete sie sich im Polnisch-

Unterricht freiwillig, ihr Referat gleich nächste Woche zu halten. Danach konnte sie ihren Mitschülern nicht mehr in die Augen sehen. Am Nachmittag spazierte sie ein letztes Mal durch ihre geliebte Altstadt und gab sämtliche Bücher an ihre zwei Lieblingsbibliotheken zurück.

Dann betrat sie den Block, in dem viele Schüler aus ihrer Klasse wohnten. Als sie in den siebten Stock hinaufstieg, nahm sie bewusst den vertrauten Geruch nach angesäuertem Kohl auf. Mit klopfendem Herzen klingelte sie an der vergilbten Spannplattentür.

„Komm raus, die Sonne lacht", sagte sie, als Adam, ihr bester Freund, sie wie immer mit ausfahrendem Arm hineinlassen wollte.

Sie liefen in Richtung Freibad, in dem gewöhnlich die halbe Klasse ihre Ferien verbrachte. Die Hecke um den Spielplatz kam ihr heute eigenartig dunkel vor, die Gehwegplatten auffallend uneben und schmutzig.

„Du bist so schweigsam. Was ist los mit dir?", fragte er.

„Ich muss dir etwas unheimlich Wichtiges sagen", hauchte sie beinahe stimmlos. Die Sonne spiegelte sich in einem Fenster und blendete sie. Ihre Anspannung war kaum auszuhalten.

„Schieß' los!"

„Es geht um mich und meine Zukunft."

„Du, du redest so komisch."

„Niemand darf etwas davon erfahren."

„Wovon?"

„Adam, du musst unbedingt dichthalten ... Versprichst du mir das?"

Er blieb stehen und sah sie an. „Na klar."

„Du, ich meine es todernst. In unserer politischen Situation müssen wir einander vertrauen."

Sie setzte sich wieder in Bewegung.

„Nun sag's endlich! Was läuft denn?"

„Heute Abend werden Tomek, unsere Mutter und ich ausreisen", würgte sie mühsam hervor. Sie, die normalerweise um kein Wort verlegen war. „Illegal. Für immer."

Adam blieb stehen, hielt Marta am Arm zurück, sodass sie sich zu ihm umdrehen musste, und schaute sie durch seine dicken Brillengläser durchdringend an.

„Ich werde dich verlieren?" Die beiden kannten die Gedanken des andern, lachten zusammen, darum wusste sie, was er dachte und fühlte, denn ihr ging es genauso. „Und was ist mit dem Schachspiel? Und den Büchern, die wir zusammen lesen?", rief er und rüttelte sie an den Schultern.

Marta versuchte, seinem Blick auszuweichen, und wandte sich ab, um weiter zu laufen. Plötzlich schämte sie sich. Ich verlasse mein Land, als würde es sich nicht mehr lohnen, gegen die Kommunisten zu kämpfen. Es überkam sie ein fremdartiges Gefühl. Aber noch schlimmer war, dass sie sich gleichzeitig auf die unbekannte Zukunft, auf die vielen verschiedenen Möglichkeiten im Leben freute. „Du musst es für dich behalten, versprichst du mir das?"

Adam schaute sie von der Seite an und schwieg. „Na klar. Ich weiß von nichts."

Sie umarmten sie das erste Mal überhaupt und schworen, sich zu schreiben, obwohl sie ahnten, dass es unrealistisch war im kommunistischen Polen.

Ohne Adam direkt anzuschauen, fasste Marta seinen Oberarm, drückte ihn leicht und wandte sich ab. „Bitte geh alleine nach Hause. Ich bleibe noch hier."

Sie schritt ein wenig weiter, und rannte plötzlich nach Hause, um ihre geliebte Hündin zu holen. Üblicherweise quirlig, lief Joka bei diesem Spaziergang steif umher und entfernte sich nicht allzu sehr. Wieder Zuhause, gesellte Marta sich zu Tomek und Mutter aufs Sofa. Sie aßen Käsebrote und starrten wortlos auf den Koffer und Mutters Reisetasche.

Dann kamen die Bukowskis, ihre nicht blutsverwandte Familie. Martas Patenonkel Marcin und Tante Donata schienen bestens informiert.

„Zwillinge", sagte Marcin streng. „Es ist wichtig: Im neuen Reisepass heißt ihr Kapowski, wie euer Vater. Prägt euch das gut ein."

Tomek und Marta schauten einander entgeistert an. Das erste Mal hörten sie etwas von ihrem Vater und jetzt hatte er einen Namen.


Die Bukowskis begleiteten die Danutowskis zu dem weißen Auto, mit dem der unbekannte Mann sie in das unbekannte Land, in die unbekannte Zukunft bringen sollte. Joka! Marta küsste und drückte ihr geliebtes Tier so fest, dass es zu bellen anfing. Erschrocken ließ sie die sonst brave Hündin los. Erst als Marta zu schluchzen anfing - auch das vollkommen ungewöhnlich - merkte sie, dass sie neben all den anderen aufregenden Gefühlen traurig war.

„Bis zur Grenze musst du dich aber beruhigen", sagte Tante Donata, als sie Marta umarmte. „Es steht viel auf dem Spiel. Keiner darf traurig wirken. Nicht ungefragt reden. Alles wird gut."

Onkel Marcin legte seine Hand auf Martas linke Schulter. Sie war nun zu alt, um auf dem Kopf gestreichelt zu werden. Donata drückte Tomek an ihre Brust. Mutter nahm Platz auf dem Beifahrersitz, die Zwillinge auf der Rückbank. Marta war es peinlich, dass sie sich nicht im Griff hatte.

Während der nächtlichen Fahrt blieben alle wach und schwiegen. Nicht einmal das Radio lief. Die Landschaft war in Dunkelheit getaucht. Marta starrte auf den Fahrer, den sie für sich den ‚Drachen' nannte, auf seinen Hinterkopf mit den leicht gräulichen, blonden Haaren. Er war weder mager noch dick, sein adrett gebügeltes, dunkles Hemd passte zur beigefarbenen Hose. Bukowskis' Schinkenbrötchen schmeckten herrlich - wie die Heimat, die sie gerade verließen.

An der DDR-Grenze zeigte der ‚Drachen' ihre gefälschten Pässe und beantwortete einsilbig die Fragen der Beamten. Während Marta alles rätselhaft vorkam, schien es für die anderen wie ein eingeübter Sketch abzulaufen. An der Grenze zur Bundesrepublik Deutschland zeigte Mutter zwei Blätter, und sie wurden durchgewinkt.

Sie waren im Westen.

Im Morgengrauen erreichten sie Friedland bei Göttingen. Wortlos ließ der ‚Drache' sie mitsamt Gepäck an einem gelben Gebäude aussteigen und fuhr weg.

# Maline Kotetzki - Unüberwindbar

„Also Corona… das ist ja schon sehr einschränkend", sagst du, während du in die Sonne blickst und an deinem Glas Orangensaft – „aber nur ein kleiner Schluck Champagner, ich muss ja noch fahren" – nippst. Du schiebst eine Sonnenbrille, die dir nur als besserer Haarreif und nicht als Schutz gegen das Sonnenlicht dient, weiter nach oben und fügst hinzu: „Wir können jetzt voraussichtlich gar nicht in die USA fahren. Dabei wollten wir so gerne wieder nach Cape Coral. Die Kinder hatten sich schon so gefreut." Für die Kinder hast du in der letzten Zeit einen privaten Tutor engagiert, weil du ihnen „sowieso nicht mit den Hausaufgaben helfen kannst", nur warum das so ist, dazu hast du nicht gesagt. Vielleicht, weil du keine Zeit hast? Oder vielmehr keine Lust? Es ist wohl eine Mischung aus beidem oder eher: Du hast keine Zeit, weil du sie dir nicht nimmst, weil du keine Lust hast. „Ich bin so froh, wenn das alles vorbei ist", seufzt du und ich frage mich, was sich in deinem Leben geändert hat. Dass du nicht in eine künstlich angelegte Kanalstadt reisen kannst, in der die Pools mit Gittern eingezäunt sind, damit keine Krokodile hineingelangen können? Oder dass einige Geschäfte geschlossen hatten, bei denen du dann aber telefonisch oder via Internet bestellt hast? Du musstest auf nichts verzichten, weil du das meiste sowieso im Überfluss hast. Deine Betroffenheit ist nur ein Gefühl *über* etwas, denn du bist nicht wirklich *davon* betroffen. Vielleicht ist das zu krass gedacht und ich sollte dir mehr Tiefe zugestehen, aber wie soll das gehen, wenn wir beide genauso gut auf verschiedenen Planeten leben könnten? Wenn du in deiner geräumigen Altbauwohnung auf dem Balkon sitzt und dich bräunst, während deine Kinder Privatunterricht bekommen? Wenn deine Arbeit nicht bedroht ist, weil du ohnehin nicht arbeiten gehen musst? Und wenn du Zeit für Yoga hast, „zur

Erholung von all diesem Stress"? Komm mit, ich lade dich zu mir ein – zu uns. Du würdest die Einladung normalerweise ausschlagen, aber darum geht es jetzt nicht. Ich arbeite Vollzeit in einem Supermarkt, den du nicht betreten würdest, weil er „in der falschen Gegend" liegt und weil es dort „nur billige Produkte" gibt. Meine Kinder, fünf, acht und zwölf Jahre alt, sind zu Hause und wenn ich Glück habe, passt eine Nachbarin auf sie auf. Ihr Vater wohnt in einer anderen Stadt, mit seiner neuen Familie und hat mir schon kurz nach der Trennung zu verstehen gegeben, dass ich jetzt allein verantwortlich bin – „du weißt doch sowieso immer alles am besten". Wenn ich Pech habe, hat die Nachbarin keine Zeit und dann muss ich rumtelefonieren, damit zumindest die beiden Kleinen irgendwie betreut werden. Wie soll ich mich an ein Kontaktverbot halten, wenn ich auf den Kontakt zu und die Hilfe von anderen angewiesen bin? Ich habe zwar meistens feste Zeiten auf der Arbeit, aber momentan müssen wir Extraschichten übernehmen, auch zu Uhrzeiten, bei denen du einen Schock bekommen würdest. Mittlerweile schickt die Schule Aufgaben per Mail, manchmal können sich die Kinder auch Videos anschauen, die ihre Lehrer und Lehrerinnen erstellt haben. Wir haben im Wohnzimmer einen Computer und das gibt immer ein ganz schönes Theater, wer ihn als erstes benutzen darf. Meistens steckt die Große zurück und gerade, wenn es an die Matheaufgaben geht, hilft sie ihrem jüngeren Bruder.

Mein Abend sieht so aus: Ich komme nach Hause und gehe in die Küche, um das Essen warm zu machen, das ich am Abend zuvor gekocht habe. Vorher muss ich natürlich noch die Kinder bei Nachbarn oder Freunden einsammeln. Nachdem wir gegessen haben, räumen wir zusammen auf und ich bringe meine Jüngste ins Bett, um danach die Hausaufgaben der anderen beiden zu überprüfen. Ich versuche, ihnen so gut es geht zu helfen. Zeit für mich? Die habe ich nicht. Es ist eigentlich immer etwas zu tun und gerade jetzt geht unglaublich viel Zeit mit Organisation drauf. Wo können die drei morgen hin? Es soll zwar eine Notbetreuung eingerichtet werden, aber davon habe ich bisher noch nichts gesehen. Am Ende des Tages stehe ich alleine vor allem, immer und immer wieder. Ich weiß nicht, wann wir das letzte Mal im Urlaub waren. Da war ich wahrscheinlich noch verheiratet. Ich versuche, so viel wie möglich mit den Kindern zu unternehmen, wenn es Zeit und Geld zulassen. Ihnen soll es an nichts mangeln, und doch fehlt es an allen Ecken und Enden. Angeblich sollen wir Unterstützung bekommen können, die muss man beantragen. Aber wann soll ich das machen?

Manchmal möchte ich einfach nur weinen und komplett verzweifeln, aber das geht nicht. Nicht mal das, wenn ich mich meiner Verzweiflung hingebe, wer kümmert sich dann um meine Kinder? Niemand, genau. Du ganz bestimme nicht, denn für dich existieren wir sowieso nur, wenn du die Zeitung aufschlägst. Ansonsten sind wir für dich unsichtbar, wie Fabelwesen aus einem Märchen, dabei leben wir in derselben Stadt. Trotzdem kreuzen sich unsere Wege nicht, denn unsere Leben, unsere Stadtteile, unsere Freundeskreise könnten nicht unterschiedlicher sein. Für dich ist das heute ein Ausflug in „das wahre Leben", in dem es „ganz schrecklich für die armen Leute" ist und bei dem du froh bist, dass du „nicht so leben" musst.

Und während du die Sonne genießt, deine Yogaübungen machst und dich darüber aufregst, eine Maske tragen zu müssen und Urlaub auf einem anderen Kontinent gestrichen ist – „naja, immerhin gibt es noch Sylt" – weiß ich nicht, wie ich mich dir gegenüber fühlen soll. Beneide ich dich? Möchte ich sein wie du? Bin ich wütend auf dich? Bemitleide ich dich? Vielleicht ist es auch hier wieder eine Mischung aus allem, aber eines weiß ich: Was uns unterscheidet, wird nicht weniger, sondern nimmt Jahr für Jahr zu.

# Tiina-Maria Leinonen - Das Erwachen

Lange Zeit war die heute als Gobi Desert bekannte Region westlich von allen Zivilisationen durch Dinosaurier geprägt. Der Vater der kleinen Lin-Lin dachte, dass die Situation nicht so schlecht war. Die Familie konnte dort wohnen. Inzwischen hatte er den Titel Kaiser angenommen. Lin-Lin bekam den Titel von einer Prinzessin.

Als der Vater sein Amt antrat, hatte er nicht mehr Zeit für seine Tochter. Zuvor hatten sie alles Schönes zusammen gemacht. Zum Glück hatte der Vater genug Geld, um alles Mögliche zu kaufen.

Der Vater ließ einen Garten errichten. Die schönsten Bäume und Büsche, Kräuter und Gemüse waren dort gepflanzt. Der Garten war mit einem Zaun begrenzt. Hinter dem Zaun war eine Wüste.

Im Garten stieg der Duft von Orangenbaumblüten, Jasmin und Flieder in die Nase. Hibiskus und Oleander leuchteten. Die florale Farbenpracht war unglaublich.

Im Garten der Prinzessin gab es viel Wasser. Ein kleiner Bachlauf und Springbrunnen waren dort. Man konnte mit dem Kanu in Wasserlabyrinthen rudern. Dort gab es auch eine kleine Zeitmaschine, mit der Lin-Lin fünf Minuten in die Vergangenheit fahren durfte. Dann war es möglich, alle Süßigkeiten erneut zu essen. Fünf Minuten in die Zukunft wäre auch möglich gewesen, aber Lin-Lin dachte nicht, dass es viel Spaß sein würde.

Lin-Lin verbrachte gemütliche Nachmittage mit ihrer Mutter im Garten. Sie wusste nichts von der Spaltung der Gesellschaft. Jedoch konnte sie das Wort „Gesellschaft". Die Goldfische im Teich hatten so eine, wenn sie dort zusammen schwammen. So erklärte ihr es die Mutter. Eigentlich schien es, als würde sie mehr sagen wollen, aber sie wagte es nicht.

Mit der Teleportationmaschine konnte Lin-Lin viele lustige Dinge machen. Sie war von einem Superelektromotor angetriebene und arbeitete mit einem rotierenden Riesenflügelrad. Mit dieser Vorrichtung konnte Lin-Lin auch so große Seifenblasen fertigstellen, dass sie selbst dort drinnen fliegen konnte.

Lin-Lin hatte eine goldene Amsel, die sprechen konnte, in einem Käfig.

„Gibt es nicht mehr im Leben?", fragte die Prinzessin.

„Nein", antwortete der Vogel.

Immer wenn der Kaiser mit seinen Truppen gekämpft hatte, entweder in den Peripherien oder mit den benachbarten Barbaren, brachte er neue merkwürdige Fische oder Tiere mit sich. Einmal zum Beispiel waren dort kleine Horndinosaurier, die an einem flugunfähigen Vogel erinnerte.

Die Prinzessin wusste nicht, dass ihr Heimatland ein weiträumiges Trockengebiet war. Sie hatte niemals von den Problemen der gewöhnlichen Einwohner gehört. Außerhalb des Gartens der Prinzessin gab es im Land kaum noch Vegetation, weil die Gegend wasserarm, meist steinig war. Manchmal fielen die Temperaturen außerhalb des Gartens der Prinzessin sogar bis auf −40°C. Im Sommer war es manchmal 40°C im Schatten, nur nicht im Garten der Prinzessin. Das Wetter war dort immer mild. Dort gab es jahrhundertealte Schätze im Boden begraben und die Prinzessin hatte so viel Spaß, wenn sie sie zu finden versuchte, dass sie wirklich keine Zeit hatte, ihren Garten abzutreten.

Am Abend erzählte die goldene Amsel Geschichten über die Zukunft. Die Prinzessin hörte aufmerksam zu, als der Vogel über ein kleines Binnenmeer erzählte, das zu den „Todeszonen" gehören wird. Keine Fische können dort mehr leben.

„So wird es auf der anderen Seite der Erde in der fernen Zukunft sein", sagte Lin-Lin. Sie dachte an allen Prinzessinnen in dieser fremden Welt. Es war doch traurig. Sie hätte gern mehr darüber gehört. Dann schlief sie ein. Sie träumte.

„Aber wenn es doch keine Hoffnung mehr gibt?" fragte sie, als sie aufwachte.

## Matthias Rieger - Riegerland oder: Aus dem Leben eines Reichsbürgers (eine Satire)

Macht. Reichtum. Erfolg. Schon als kleiner Junge wollte ich Kohl werden. Heute weiß ich, das heißt Bundeskanzler. Und wir leben in einer Demokratie, der Leiter der Regierung (Stand 2020: Merkel) muss seine Macht mit dem Parlament teilen bzw. sich durch dieses wählen lassen. Und vom Bundesverfassungsgericht kann auch jederzeit eine Klatsche kommen, wenn die Gesetze nicht verfassungsgemäß ausgearbeitet sind. Wir kommen mit der Politik einfach nicht vorwärts, immerhin sind ein Drittel aller Wähler Rentner und Pensionäre. Da müssen wir uns kein bisschen über den Armutsbericht wundern, nötige Sozialreformen werden durch die Angst vor der alten Garde, welche ihre Lebensleistung vollbracht hat, verhindert. Das wird man ja wohl mal sagen dürfen! Was wir wirklich in Deutschland brauchen, ist ein wohlwollender Diktator! Der müsste sich allerdings an die Werte des Grundgesetzes halten. Da gibt es nur einen: mich! Die Verfassung ist eh ungültig, ich habe ihr nicht zugestimmt!.

Also auf zur Machtergreifung! Nur wie? Ich könnte eine Partei infiltrieren. Aber dann müsste ich mich hocharbeiten, das dauert zu lange, Deutschland braucht mich jetzt, in diesem Moment. Und buckeln sowie anbiedern liegt mir eh nicht. Ich bin schließlich eine Autorität, die haben sich vor mir zu beugen!

Ich könnte alternativ eine eigene Partei gründen, die Autokraten für Deutschland. Motto: Germany first, Deutschland zuerst. Die müsste dann allerdings angemeldet werden, ich bräuchte willige Mitstreiter, Unterschriften müssen gesammelt werden für eine Zulassung zur Bundes- oder Landtagswahl.

Ich fürchte, das Kürzel ist belegt.

Das wird alles viel zu viel Arbeit, es muss schneller gehen! Es bleibt nur eine Lösung: Ein Putsch muss her! Eine Militärdiktatur wäre in der Lage, die Demokratie zu retten. Als oberster General und Präsident auf Lebenszeit würde ich sicher gut aussehen. Ich würde wie Fidel Castro immer eine Uniform tragen, und als Zeichen der Wehrhaftigkeit unserer neuen Republik stets eine Desert Eagle mit mir führen. Nach einigen Berichten in der Zeitung ist auch dieser Plan hinfällig: Schauen Sie sich mal den Zustand der Bundeswehr an, die ist nicht Putschtauglich. Daher ist die Zivilgesellschaft gefragt. Für einen Marsch auf Berlin fehlen mir jedoch die Menschenmassen, ein Aufruf bei Facebook führte gerade mal zu einem Flashmob mit 23 Mitstreitern. Ich muss also klein anfangen, ganz klein wohlgemerkt. Ich werde auf meinem Grundstück Riegerland ausrufen, und von hier aus erst die Gemeinde, dann den Kreis Coesfeld, dann Nordrhein-Westfalen, Deutschland, Europa und zuletzt die ganze Welte unterwerfen! Es ist nur zu ihrem besten.

Der Ausweis, der eigene Führerschein und sonstige Dokumente sind schnell erstellt. Die Fahne ist gelb-hellgrün, zwei Querstreifen mit einem roten Pferd in der Mitte, ein kleiner Gruß an Westfalen.

Alles dufte. Ich steige aufs Dach und hisse meine Flagge. „Heute dieses Haus, morgen die ganze Welt!" rufe ich lauthals.

„Herr Rieger, hören sie auf zu saufen, nehmen sie ihre Pillen und zahlen sie endlich ihre Miete!" schallt es von unten aus der Wohnung meines Vermieters. Stimmt, ist ja gar nicht mein Haus. Ich hatte von Anfang an das Gefühl, irgendetwas Entscheidendes übersehen zu haben. Übernahme gescheitert.
Ich beschließe daher, reich zu werden und mit Hilfe meiner Lobbyisten die Geschicke der EU und anderer Regierungen aus dem Hintergrund zu lenken. Zwei Kaffee die Woche mit Uschi trinken, passt schon. Man muss nicht immer in erster Reihe stehen, wichtig

ist nur, die Fäden in der Hand zu halten. Networking nennt man das. Möchten sie vielleicht meine Karte?

# Christin Feldmann - 1993

Ich war 11 Jahre alt, als ich meine zukünftige, beste Freundin, Schwester, Seelenverwandte zum ersten Mal wahrnahm. Sie war eine der Coolen in der Klasse- Jede*r wollte mit ihr befreundet sein.

Die Klassenkamerad*innen umschwärmten sie, wie Motten das Licht. Ich stand damals auf Nirvana und die Smashing Pumpkins, Punk-Rock, gebatikte Hosen und „Scarecrow" eine ortsansässige Grunge – Band, vor allem stand ich auf den Gitarristen.

Ich war 12 Jahre alt, als ich erfuhr, dass ein Mädchen, wie ich, die gebatikte Jeans, Punkshirts und bunte Haare trug in den 1990er Jahren auf dem Land als wunderlich und Freak wahrgenommen wurde.

Und war immer noch 12, als meine Oma sagte, die Frau, die ich liebte und bei der ich groß geworden war „Wenn ich Dich sehe, bekomme ich Augenkrebs."

Meine zukünftige, beste Freundin, die ich damals immer noch aus sicherer Ferne, aber ehrfürchtig bewunderte, obwohl sie im Gegensatz zu mir ein winzig, kleiner Mensch war, hatte für mich Größe.

In meiner Vorstellung lag ihr, wäre ihr ein solcher Kommentar selbst widerfahren, ein flapsiger Spruch auf den Lippen, den sie meiner Oma entgegenschleudert hätte, und sie wäre hoch erhobenen Hauptes, trotz ihrer winziger Größe, davon geschritten.

Als meine beste Freundin und ich beste Freundinnen wurden, war das plötzlich kein Ereignis, was nicht immer schon vorbestimmt gewesen war.

Wir waren ein Team, ständig zusammen, mit ihrem Straßenhund Karabash, der wie sie, ein unzähmbares Wesen hatte, unterwegs, um heimlich zu rauchen und über Jungs zu quatschen. Wie sich das gehörte, lagen wir dann cool auf den stillgelegten Schienen des Ortes, hinter ihrem Haus, während die Hitze um uns die Luft zerschnitt.

Davon gibt es Fotos - heute nennt man sie wohl #gleisselfies, damals schoss man sie noch mit Einwegkameras.

Wir wurden in der Klassenstufe gefürchtet, geachtet, beneidet.

Ich war 12, als mein Großvater fragte, wieso ich immer mit dieser „Kanakin" rumhing - die würden uns Deutschen eh nur die Arbeitsplätze wegnehmen - und mit diesem Kommentar mein Herz brach;

Und ich war 12, als mich eine Bekannte meiner besten Freundin fragte, ob wir Deutschen eigentlich „Rein" seien und dass ich auf ihrer Feier als Deutsche nix zu suchen hätte.

Als ich 12 war, das ist lange her, erfuhr ich, dass es in Deutschland im Grundgesetz im Artikel 3 den Begriff „Rasse" gibt;

dass da Unterschiede zwischen mir und meiner besten Freundin gemacht wurde, den Andere so haben wollten und den wir niemals wahrgenommen hatten;

dass die Leute uns auch deshalb seltsam ansahen, wenn wir zusammen auf die Strasse gingen, erst hinter vorgehaltener Hand tuschelten und dann offensive Kommentare kamen;

dass fremde Menschen unsere tiefe Freundschaft verurteilten, weil ihre Eltern Einwanderer waren

Und meine nicht.

Ich war 12, als ich Begriff, dass sie Türkin und ich Deutsche war.

Ich war 12, als die Unterteilung in Hautfarbe, Religion und Landeszugehörigkeit nach Meinung der Einwohner*innen in unserem Dorf, begann plötzlich eine Rolle für unsere Freundschaft zu spielen.

Ich war 12.

Das war 1993.

# Anton Elster - Deine Mutter

Ich bin voll in die Anzeigetafel vom McDonalds versunken, lese rauf und runter was gerade im Angebot ist, welche Kombinationen in den Menüs möglich sind, alles schon hundertmal studiert, um am Ende sowieso wieder nur ein Cheese- und ein Chickenburger zu bestellen. Ich drehe mich meinem Kumpel zu, der neben mir in der Schlange steht, es ist proppenvoll heute, und bekomme noch so halb mit, dass er irgendetwas zu einer Gruppe von Typen gesagt hat, die gerade den McDonalds verlassen, und frage ihn, was er bestellt. Er wirkt ein bisschen genervt und sagt: zwei Cheeseburger. Es ist verdammt heiß hier drinnen, es riecht nach Frittenfett und Schweiß. Als wir den McDonalds endlich mit unseren Burgern verlassen, werden wir schon erwartet. „Ey, du", spricht mich einer an, der größte in der Gruppe junger Männer, die alle dunkle Haare, dunkle Augen und eine dunklere Haut als ich und mein Kumpel haben, türkischen Ursprungs, vermute ich, „ey, du, ja, genau du" sagt er noch einmal. Es gibt keinen Zweifel, er meint tatsächlich mich. „Du Hurensohn, was soll das? Was beleidigst du meine Mutter?" Ich bin völlig verwirrt und ein bisschen verärgert. Ich versuche, ihn zu ignorieren und weiterzugehen. Er stellt sich mir in den Weg. „Ey, bleib stehen, du kleiner Hurensohn. Ich hab dich was gefragt. Was soll das, du dumme Kartoffel!" Keine Chance, ich muss mich der Situation stellen. Wenn ich doch wüsste, was er von mir will. Ich begreife nicht, was passiert. Aber ich habe Angst. Ich habe zum ersten Mal in meinem Leben wirklich Angst. Ich höre, wie mein Herz pumpt. Meine Knie werden weich. Ich ziehe die Augenbrauen zusammen und sage: „Was willst du von mir? Ich hab deine Mutter nicht beleidigt." Gleichzeitig versuche ich mich an ihm vorbei zu drängen. Wieder keine Chance, er schubst mich an die Wand von einem Geschäft, ich glaube, es war C&A, und seine Freunde umstellen mich im Halbkreis. Es geht alles so schnell, plötzlich schlägt er mir ins Gesicht, eine kurze Erschütterung des Gehirns, ich höre noch, wie er sagt: „niemand beleidigt meine Mutter, verstanden?", und dann ist da eine Frauenstimme, eine aufgebrachte Passantin schreit die Gruppe an: „was soll der Scheiß? Lasst sofort den Jungen in Ruhe, seid ihr verrückt geworden?", das ist mein Moment – ich fliehe, renne bis zum Ende der Fußgängerzone, schlage Seitengassen ein, um potenzielle Verfolger abzuschütteln; zurückzublicken, dazu fehlt mir der Mut. Ich laufe um mein Leben. Keuchend und vor Erschöpfung den Brustkorb nach unten gebeugt machen wir Halt am Ende der Fußgängerzone, da wo die Busse abfahren. Erst jetzt merke ich, dass mein Kumpel mit mir gerannt ist. Plötzlich stehen die Jungs vor uns. Dieses Mal erwischt es meinen Kumpel. Einer von ihnen, ich habe vergessen, ob es der Gleiche war, der mir ins Gesicht schlug, rammt seine Faust in den Magen meines Kumpels und sagt: „Das habt ihr davon". Danach stehen sie noch weiter um uns herum, aber es war klar, dass keine Aggressionen mehr ihrerseits folgen würden. Die Sache war erledigt. Die Ehre wiederhergestellt? Mein Kumpel ringt um Atem und hält sich schmerzverzerrt den Bauch. Als ein Taxi langsam an uns vorbeizieht, zögere ich nicht lange, ich fasse meinen Kumpel am Arm, sage: „komm", und wir laufen zum Taxi. Es ist, Gott sei Dank, frei. Wir lassen uns zu mir nachhause bringen. Niemand sagt ein Wort während der gesamten Taxifahrt. Selbst der Fahrer schweigt. Wir wischen uns den Schweiß von der Stirn und schauen mit Adrenalin vollgepumpten Augen aus den Fenstern.

Unsere Wut war so groß, sie musste irgendwo hin. Aus dem Taxi ausgestiegen, beschlossen wir, die Türken zu hassen. Aber hassen allein, das würde nicht ausreichen, wir beschlossen also auch, stärker zu sein als die Türken. Dafür müssten wir Deutsche zusammenhalten, in Gruppen auftreten, wie die Türken eben. Schnell fanden wir ein paar Gleichgesinnte, die wir mit unserer Story für unsere Sache überzeugen konnten, die eifrigsten von ihnen hatten ähnliche Erfahrungen gemacht und waren froh, diese endlich unter Kameraden schamfrei teilen zu können. Wir hörten Neonazi-Musik, die ganze Palette, Zillertaler Türkenjäger, Landser, Stahlgewitter und so weiter, die bekam man alle easy aus dem Internet, das wusste ich bereits von meinem Referat über die rechte Musikszene, damals war ich nur vom Phänomen Rechtsradikalismus fasziniert. Jetzt versuchte ich, mich in eine rechte Identität zu retten. „Türke, Türke, was hast du getan? Türke, Türke warum machen du mich an..." und so weiter, grölten die Sänger mit rauer Stimme. Ich hörte alles, rauf und runter, mit der Hoffnung, dass es mir irgendwann einmal gefallen würde. Meistens bekam ich nur Kopfschmerzen. Wir positionierten uns auch am Rande von Anti-Nazi-Demos, die in unserer Nähe stattfanden, mit dicken schwarzen Sonnenbrillen, die Arme verschränkt, leicht angetrunken, so wie wir es auf Videos gesehen hatte, wir wurden sogar von einigen „Zecken" fotografiert: Man nahm uns ernst, wir waren wer. An den Wochenenden machten wir ein paar Trips in die Natur, wanderten die heimischen Wälder ab, sangen mehr schlecht als recht ein paar deutsche Wanderlieder (das hörte sich ungefähr so wie die Gesangseinlagen der Pegida-Demonstranten in Dresden zur Adventszeit an), schlugen Zelte auf deutschen Wiesen auf und tranken Starkbier aus Ein-Liter-Dosen, die mit dem Wikinger drauf.

Nach ein paar Wochen war meine Nazi-Karriere aber schon wieder vorbei, nicht dass sie abrupt endete, es gab kein „einschneidendes, aufweckendes Ereignis", sie verfloss einfach, wahrscheinlich hatte ich die Gewalterfahrung und die aufgestaute Wut mittlerweile verarbeitet. Endlich konnte ich wieder schnulzige und gefühlvolle Lieder wie „Burn" von Usher hören. Und schon bald traf ich auf Ipek in der Theater AG. Ipek ist ein türkischer Name und bedeutet „Seide". Ich weiß nicht, in wen ich mich zuerst verliebt hatte, in Ipek oder ihren Namen, jedenfalls gingen wir nach ein paar Wochen miteinander und ich schwebte im Himmel. Mit Ipek war alles leicht und als ich ihr über meine kurzweilige „Nazi-Karriere", ich nannte es tatsächlich so, erzählte, fing sie herzlich an zu lachen, und auch ich konnte lachen. Wir hörten uns ausgewählte Neonazi-Lieder an, ich kannte die „besten", und machten uns über die idiotischen Texte lustig. Ipek zeigte aber auch ernsthafte Teilnahme an meiner Gewalterfahrung, und sagte, dass ihr das ganze Machogehabe und Gelaber von „Ehre" auf die Eier ging, sie sagte wirklich „Eier", das fand ich cool, und auch, dass sie teilnahmsvoll war und sich nicht nur lustig machte. Vielleicht war das der Punkt, an dem ich mir sagte, ich will Ipek niemals verlieren. Und bis jetzt ist mir das auch gelungen, wir sind immer noch zusammen, seit zwölf Jahren jetzt schon. Dass mein Leben auch hätte anders verlaufen können, wurde mir auf erschreckende Weise bewusst, als ich zufällig über das Facebook-Profil eines ehemaligen „Kameraden" stolperte. Er posierte darauf mit Fred Perry-Polo-Hemd, Wehrmachts-haarschnitt, obwohl, das ist ja heutzutage modisch, und teilte Beiträge mit Titeln wie „Veganer-Schweine", „Wahrheiten über die Lügenpresse", „Todesstrafe für Kinderschänder", „Ausländer verge-waltigen unsere deutschen Frauen ", „Grenzchaos" und „Der Untergang Deutschlands". Ich wurde nachdenklich. Ich wusste aus eigener Erfahrung, wie schnell Hass entstehen kann, aber mir fiel es schwer, nachzuvollziehen, wie man auf Dauer mit Hass leben kann, den Hass kultivieren. Ich fand keine Antworten auf meine Fragen, aber ich wünschte ihm und jedem Gleichgesinnten eine Ipek.

# Anne Moog - Wie Brüder

„WAS? Sag mal, spinnst du jetzt total? Du willst mich doch verarschen oder?" Vollkommen fassungslos starre ich meinen besten Freund seit Kindertagen an. Ich kann nicht glauben, was er gerade gesagt hat.

Batins Blick ist starr, seine sonst so warmen, braunen Augen wirken plötzlich eiskalt. Ich spüre einen verächtlichen Unterton in der Stimme, als er sagt: „Paul, du hast doch keine Ahnung."

„Mensch Batin, dann erkläre es mir."

„Was soll ich erklären? Ich habe mich entschieden. Ich wollte eigentlich nur, dass du es weißt. Dachte, dass wäre ich dir schuldig. Aber wahrscheinlich sind wir doch zu unterschiedlich, als das du wirklich nachvollziehen kannst, was los ist." Batin wirkt aufgebracht, aber gleichzeitig auch ganz ruhig. Diese Kombination bereitet mir spontan Magenschmerzen. Wir haben schon viel zusammen erlebt und ich kenne sein aufbrausendes Temperament und die Folgen. Das hier ist allerdings eine andere Hausnummer. Ich versuche meine mich überrollenden Gedanken und Gefühle zu sortieren. Ich muss ihn davon abbringen. Ich spüre Panik in mir aufsteigen. Ich muss ihn erstmal zum Reden bringen. „Batin, ich bin wirklich geschockt, aber ich will trotzdem alles hören, alles wissen." Ich traue meinen Ohren nicht, als er sagt: „Wir fühlen uns als Muslime ungerecht behandelt und müssen uns dagegen wehren, dass der Islam weltweit unterdrückt wird."

Das sitzt. Meine Augen werden immer größer. Ich kann mich gerade noch davon abhalten Batin zu fragen, wo er DEN Satz denn her hat. Stattdessen sage ich: „Wir kennen uns seit der Grundschule. Seit wann hast du was mit Religion am Hut? Und wer ist eigentlich `wir`?"

„Ich gehe schon länger in die Koranschule."

Wieder staune ich. „Aha. Und was genau geht da ab?"

„Wir lesen die Offenbarungen Mohammeds im Heiligen Buch des Islams."

Batin geht gar nicht darauf ein, was ich sage. Auch seine Sprache hat sich verändert. Seine Sätze wirken mechanisch, irgendwie einstudiert. Trotzdem bemühe ich mich weiter, ruhig und sachlich zu bleiben. „Wie gesagt, es ist mir neu, dass dich das interessiert, aber das finde ich okay. Sind ja deine Wurzeln als türkischer Muslime. Koranschule ist eine Sache, aber zum IS in Syrien gehen, in den Krieg ziehen? Das ist doch Irrsinn."

„Die Moschee bietet mir ein geregeltes, strukturiertes Umfeld. Da bekomme ich Sinn, Orientierung und eine Mission. Und ein Stück Heimat. Etwas, was ich nie wirklich hatte, weder in der Türkei noch in Deutschland." Batin seufzt. Er ist tieftraurig, das ist offensichtlich. „Alle reden von Integration. Phh …, das ich nicht lache. Du weißt, wie schwer meine Kindheit hier war. Du hast dich immer schützend vor mich gestellt, wenn es mal wieder kritisch wurde. Dafür bin ich dir auch sehr dankbar, aber ich habe keine Lust mehr, mich hinter dir zu verstecken. Ich bin jetzt 20 Jahre alt und ich bin so wie ich bin. Entweder die anderen akzeptieren das oder aber sie lassen es sein. Ich kriege keine Lehrstelle, weil ich Türke bin, keine Wohnung, weil ich Türke bin, keine Freundin, weil ich den Deutschen zu türkisch und den Türken zu deutsch bin."

„Was sagen denn eigentlich deine Eltern zu all dem?"

„Mit den Ungläubigen will ich nichts mehr zu tun haben. Ich verachte sie." Nach einer kurzen Pause fügt er hinzu: „Ich werde meinem Leben eine neue Perspektive geben."

„Indem du zum IS gehst? Mit deren Weltbild hast du doch gar nichts gemeinsam."

In Batins Augen sehe ich jetzt Zorn und unterdrücktes Leid. „Das ist mir scheißegal. Da bin ich wenigstens in einer Gemeinschaft, die mich akzeptiert. Dieser ganze gierige, selbstsüchtige Kapitalismus in Deutschland kotzt mich an. Führt nur zu Depression und Einsamkeit. Ich will das alles nicht mehr, ich will etwas anderes ... und wenn ich zurückkomme, dann achten und bewundern mich alle."

„Batin, denk nach! Das sind Fanatiker. Die wollen einen Staat, der sein Volk zurück ins Mittelalter bringt. Das sind Gewalttäter, Mörder, Terroristen! Da willst du dazu gehören?"

„Quatsch! Alles Lügen, alles Propaganda der westlichen Welt. Die zeigen nur Gräueltaten, die sich nicht nachprüfen lassen."

Mit sachlichen Argumenten komme ich nicht weiter. „Vielleicht solltest du deinen Perspektivenwechsel wo ganz anders suchen. Lass mich dir doch helfen bei der Wohnungssuche oder auch mit deiner Lehrstelle."

„Seit du die Lehre machst und mit Lea zusammen bist sehen wir uns doch kaum noch."

„Das stimmt ja so auch nicht. Wir haben dir so oft vorgeschlagen, mit uns rumzuhängen, in die Kneipe oder in die Disco zu gehen. Du wolltest ja nie."

„Das ist nicht mehr mein Leben. Ich möchte die Unzucht und den Alkoholkonsum nicht mehr unterstützen."

„Sag mal, hat man dich einer Gehirnwäsche unterzogen oder was redest du da für einen Scheiß?" Ich bin richtig sauer. „Egal, was ich sage. Jedes Mal gibst du so eine bescheuerte Antwort. Wenn du meinst, du müsstest dein Leben wegwerfen für so einen Schwachsinn, dann mach das. Ich kann damit nichts anfangen."

„Ich hätte es wissen müssen. Es war ein Fehler, dir von meinen Plänen zu erzählen. Ich hoffe, du verrätst mich nicht."

„Batin, ich bin dein Freund. Mehr als das. Wir sind wie Brüder. Erinnerst du dich?" Meine Wut ist so schnell wie sie über mich kam auch wieder verraucht. Ich überlege fieberhaft, wie ich ihn noch erreichen kann. Er entgleitet mir, das spüre ich deutlich.

„Ich habe keine Lust mehr zu reden. Weder mit dir noch mit sonst jemanden. Es ist alles gesagt." Plötzlich schreit Batin: „Ich werde es allen zeigen, du wirst schon sehen!" Er dreht sich abrupt um und rennt weg. Ich bin wie gelähmt, zu keiner Reaktion fähig. Nur meine Gedanken rasen. Was soll ich nur machen? Jemanden über Batins Pläne informieren? Wen? Würde ihn das wirklich von seinem Vorhaben abhalten? Ich habe keine Ahnung und ich fühle mich so leer.

Batin ist jetzt drei Jahre verschwunden. Sein Weggehen hat ein großes, schwarzes Loch in meiner Seele hinterlassen. Er wollte sich bei unserem letzten Treffen von mir verabschieden, nicht mit mir diskutieren. Das ist mir heute klar. Aber das ändert nichts an meinen Selbstzweifeln. Hätte ich nur …!?

# Christine Kayser - Der kleine Junge in der Straßenbahn

Ein nasskalter und verregneter Wintertag. Frösteln. Mein Mann und ich standen an der Haltestelle. Schnell schlug ich den Kragen seiner Jacke hoch. „Ich muss dich beschützen, du darfst nicht krank werden!" Wir kamen gerade von einer Kontrolle in einem Gesundheitscenter. Dort müssen wir jährlich hin. Bei meinem Mann wurde ein aggressiver Augentumor festgestellt. Ein Augenlicht hatte er bereits eingebüßt. Er erfuhr: Keine Metastasenbildung liegt vor. Erleichterung für uns beide. Ich lächelte. Nachher würden wir gemütlich frühstücken. Unser erstes Frühstück. Aus Solidarität zu ihm hatte ich darauf verzichtet. Er durfte nicht.

Die Straßenbahn kam. Schnell stiegen wir ein. Die Bahn fuhr ruckartig und das die ganze Zeit. Ich dachte: „Sicher ein Neuling." Vor Kurzem erfuhren wir, dass Fahrpersonal dringend gesucht wurde und sich einige Leute fanden, die in einem Schnellkurs kostenlos angelernt wurden. Auch aus Spanien haben wir mittlerweile Fahrer. Schön.

Wir hatten nebeneinander auf einer Erhöhung Platz genommen. Ich sitze immer gerne etwas höher, egal wo. Nun bemerkte ich, dass es mir zog. Ich sah meinen Mann an. „Unter mir ist keine Heizung und es zieht!" Er: „Das glaube ich nicht!"

Plötzlich sprach ein kleiner Junge: „Bitte, nehmen Sie meinen Platz, hier zieht es nicht und außerdem macht mir Kälte nichts aus!" Ich sah ihn an, schämte mich. „Nein, danke, das ist nett!" Er stand dennoch auf und setzte sich auf einen anderen Platz uns gegenüber. Nun wollte ich mich ihm zuliebe umsetzen. Über seine Selbstlosigkeit war ich erstaunt. Er hüstelte und nieste in seine

Handschuhe. Ich sah ihn mir genauer an. Blond, zierlich, blass, fast etwas mager, weckte er in mir etwas Mütterliches. „Ob er schon gefrühstückt hat?" Ich zögerte nur kurz und gab ihm einige Münzen in seinen Handschuh, der wie seine Kleidung schon bessere Tage gesehen haben musste. „Für ein Brötchen." Er sah mich ungläubig an und bedankte sich. Ich überlegte. „Wie alt wird er sein?" Fragen kam für mich nicht infrage. Ein unbedarftes Kind wollte ich nicht aushorchen, das gehört sich nicht. Sagte nur zu ihm: „Nicht für Zigaretten!" Belehren lag mir fern.

Plötzlich sagte er: „Ich will mal nie mit Rauchen anfangen! Bei mir zu Hause rauchen alle!" Sie sind den ganzen Tag zuhause Hartz IV. Ich nickte verständnisvoll. Nach einer kurzen Pause erzählte er: „Ich bin von der Schule freigestellt worden und fahre gleich meinen Papa im Diakonissenhaus besuchen. Arm und Bein sind gebrochen. Er hatte einen schweren Unfall. Ein Lkw-Fahrer war schuld. Wir wurden übersehen, er ist plötzlich auf uns draufgefahren. Ich konnte aussteigen und Hilfe holen. Mein Vater konnte nicht raus, er war eingeklemmt."

Wir waren erschüttert über die Worte des Jungen. Gerne hätte ich ihn in die Arme genommen. Doch das wäre sicher nicht ohne Tränen auf beiden Seiten vonstattengegangen. „Du hast sicher keine Taschentücher?" Schnell gab ich ihm eines und dann gleich den Rest des Päckchens. Ich legte direkt vor ihm einige Eukalyptusbonbons auf die Konsole. „Solche Bonbons habe ich auch!" Er erhob sich und verabschiedete sich „Ich muss aussteigen und umsteigen!"

Wir wünschten ihm, und seinen Vater noch alles Gute, viel Gesundheit und schnelle Besserung. Dieser kleine zarte Bursche hatte mein Herz besonders berührt, auch das meines Mannes. In Gedanken versunken kamen wir zuhause an. Tage später fragte ich meinen Mann: „Sollten wir nicht mal im Krankenhaus nachfragen?"

Er riet mir ab. Ich sah das auch ein. Aufgrund des Datenschutzes wird man uns keine Auskunft geben. „Wie alt hast du ihn geschätzt?" Mein Mann meinte: „Ungefähr 10, 11, Jahre, auf keinen Fall älter!" Wir werden ihn wohl nie vergessen. Was sind unsere Sorgen gegen die eines Kindes, welches vielleicht eine ungewisse Zukunft hat? Hoffen und glauben wir daran, dass an dem nicht sein wird! Es liegt an uns allen!

# Jonas Thüringer - Der Rucksack

Er geht an dem Mann vorbei, der seinen Gruß regungslos mit kalten Augen erwidert. Das ist das erste Zeichen, das ihm hätte zu verstehen geben sollen, dass die Friedfertigkeit des heutigen Tages, dem 9. Oktober 2019, ganz und gar faul ist.

Ein Rentner geht an einem späten Herbsttag durch die Straßen seiner Gemeinde. Sein Weg mündet in die kleine Bäckerei, die der Synagoge gegenüberliegt. Ein Mann steht vor ihm auf dem Bürgersteig, versperrt ihm unbewusst den Weg. Mit Kampfanzug und Helm bekleidet, hantiert er an einer Waffe herum.

Er schwelgt in seinen Gedanken, atmet die kühle und leicht nach nebelschwadenschmeckende Herbstluft ein und erfreut sich des blauen Himmels über ihm. Was für ein perfekter Tag.

Das Laub raschelt neben ihm auf der Straße, auf die er nun tritt, um dem Mann auszuweichen. Für ihn herrscht wunderbare Stille, obwohl der Frühmorgentrubel schon längst ausgebrochen ist.

Kinder eilen in die Schule und Erwachsene warten verzweifelt in ihren Autos, hoffend, dass der jeweils vordere bald weiterfährt. Doch dieser Stress erfasst ihn nicht. In ihm herrscht die Ruhe des Alters, die Zufriedenheit der Gewissheit, sich nicht mehr beeilen zu müssen und die Genugtuung, endlich all das, was ihm als Berufstätiger verwehrt geblieben ist, nachzuholen.

Gleich nachdem er das Gebäck abgeholt hat, wird er nach Hause gehen, sich seine Frau schnappen und dann fahren sie in die Ramsau. Dort wird womöglich bereits Schnee liegen, was für ein tolles Panorama und eine perfekte Atmosphäre sorgen wird. Endlich, endlich haben sie die Zeit, all ihre Träume und Pläne zu verwirklichen, all das nachzuholen, was sie verpasst haben, befinden sie sich doch in ihrer verdienten Pension und können ihren Lebensabend ruhig und friedlich, aber vor allem gemeinsam ausklingen lassen. Und das ginge nicht besser, als ihrem leidenschaftlichen Hobby nachzugehen und die gesamte österreichische Alpenlandschaft kennenzulernen, Stück für Stück, Berg um Berg, Tal um Tal und See um See. Und nun ist die Ramsau an der Reihe. Einen Bundeslandwechsel hatte seine Frau angestrebt, war immerhin auch sie an der Reihe mit der Wahl des nächsten Zielortes, nachdem sie zuletzt in Oberösterreich, in St. Gilgen, auf sein Begehr hinaus verweilt hatten.

Er sieht die Bäckerei und denkt dabei an warme Semmeln und saftige Sesamstangerl, deren Körner auf Gaumen und in Zahnzwischenräumen kleben bleiben. Er holt die Ware und seine Frau kümmert sich in Folge darum, bestreicht sie mit Butter, belegt sie mit Krenschinken und geräuchertem Gouda. Die ein oder andere Gurke wird sich ebenso hineinschummeln, wie die zwei obligatorischen Tomatenscheiben. Ein Hauch geriebener Kren darf ebenso nicht fehlen, verleiht dieser dem ganzen Brötchen die gewisse und unabdingbare Schärfe. Wenn er Glück hat, kochen zudem in dem Moment Eier im siedenden Wasser, die die Jausenbrote unverkennbar ergänzen werden, vor allem wenn der Dotter noch ein ganz wenig flüssig geblieben ist, wofür seine Frau ein Händchen hat.

Er geht mit der Geschmeidigkeit jugendlichen Elans an dem Mann, der den Bürgersteig für sich in Anspruch nimmt, vorbei. Er lächelt ihm unbewusst zu und fasst sich zum Gruß auf seine grünbraune Baskenmütze, die er sich im Sommer während seines ersten Irlandurlaubs erworben hat. Er versteht nicht, was gerade um ihn herum passiert, in welcher Gefahr er sich befindet. Er rechnet nicht mit einem Mörder, der die Synagoge stürmen und alle Menschen jeglichen Alters töten will. Nicht hier. Nicht in seiner Gemeinde.

Der Lauf einer Waffe in seinem Rücken ist das zweite Zeichen. Ein lauter Knall, er fällt vornüber und währenddessen ertönen weitere Schüsse. Ohne Grund, einfach so.


Er wurde aus dem Leben gerissen. Nicht einmal verabschieden hatte er sich dürfen, von seiner Frau, seinen Kindern und allen, die er liebte. Es wurde ihm geraubt, das Recht, sein Leben, ruhig und friedlich, gemeinsam mit seiner Frau, ausklingen zu lassen. Sein Blut ergoss sich über den Bürgersteig, sein Schicksal legte sich über die Gemeinde wie dichter Nebel. Einige Zeit später, nachdem die Polizei den Attentäter auf offener Straße erschossen hatte, wurde auf ihn eine blaue Plane gelegt. Sein Rucksack, den er geschultert und bereits für den Ausflug vorsorglich gepackt hatte, stand neben ihm. Eine Trinkflasche für unterwegs war bereits in einer Seitentasche verstaut, der Schutzengel, den ihm seine Frau an ihren ersten Jahrestag geschenkt hatte und welchen er immer bei sich trug, war von ihm, noch wenige Stunden zuvor, an einem Träger des Rucksacks befestigt worden, wo er nun hing, allein.

Sie hatte auf ihn gewartet, war in der Küche gestanden und hatte vor sich hin gepfiffen. Sie war glücklich gewesen, freute sich auf die Wanderung, denn den Ort hatte sie sich aussuchen dürfen, wechselten sie sich doch immer ab. So lautete ihre Abmachung … bis er sie brach und nicht mehr auftauchte. Eine halbe Stunde war bereits vergangen, das wunderte sie, brauchte er sonst selten mehr als fünfzehn Minuten, um das Gebäck zu holen. Nach einer dreiviertel Stunde rief sie ihn bereits das dritte Mal an, nach einer Stunde würde das Display seines Handys bereits zehn Anrufe in Abwesenheit anzeigen, drücke jemand auf den Home-Button seines iPhones.

Nach besagter Stunde, als die Schalen der gekochten Eier, deren Dotter ein wenig flüssig geblieben waren, bereits ganz kalt waren, entschied sie sich dazu, nach ihm zu suchen. Sirenen, die sie erst jetzt bewusst wahrnahm und zuvor verdrängt hatte, weckten noch mehr Verunsicherungen, viel schlimmere Befürchtungen. Als sie die Absperrbänder sah, fingen ihre Knie zu zittern an. Sie hörte ihr Blut in den Ohren rauschen und üble Gedanken schlichen sich in ihren Kopf. Irgendwann durfte sie nicht mehr weiter vordringen. Die Polizei hinderte sie daran. Nochmals zückte sie ihr Handy und rief ihren Mann an. Sie hörte es in der Ferne klingeln, an einem Ort, den sie mit ihren Augen ohnehin bereits fixiert hatte. Sein Rucksack stand dort und neben diesem lag die blaue Plane, die seinen Körper bedeckte. Der Schutzengel war weg, baumelte nicht mehr an Ort und Stelle.

# Mavie Woolf - Jederzeit

Seine Muskeln spannten sich, als er mit beiden Armen den Mülleimer nahm und ihn über seinen Kopf hob. Mit einem lauten Schrei, in dem all seine Wut zu liegen schien, warf er den Metalleimer gegen die Scheibe des Schaufensters, das laut klirrend zerbarst. Eine Traube Menschen, die hinter ihm stand, johlte und jubelte, während manche von ihnen sich durch die Scherben ihren Weg ins Innere des Geschäftes bahnten. Zwei Meter entfernt sprayten Jugendliche mit Graffitisprays Parolen auf Polizeiautos. Irgendwo schlug jemand eine Autoscheibe ein und warf einen Molotowcocktail in den Fahrerraum. Abertausende grölten und schrien, während sieben oder acht Männer auf einem am Boden liegenden Polizeibeamten einschlugen und hintraten.

Nachdenklich nippte ich an meinem Kaffee, während ich die Bilder über meinen Laptop flimmern ließ. Ich sah Aufnahmen, die live aus den USA direkt in mein Wohnzimmer geliefert wurden. Was passiert war? Ein Polizist hatte sich bei der Festnahme eines mutmaßlichen Verbrechers, auf dessen Hals gekniet. Und zwar so lange, bis dieser starb. Dass dieser Mann schwarz war, erhitzte die Gemüter in besonderem Ausmaß. Die Leute sprachen von Polizeigewalt und der offenkundigen Diskriminierung ihrer schwarzen Mitbürger. Es dauerte nicht lange, und die Bewegung „Black lives matter" startete Demonstrationen in ganz Amerika. Schwarze wie weiße Menschen standen Schulter an Schulter, um gegen die Ungerechtigkeiten zu demonstrieren. Bei diesem Gedanken lief mir eine leichte Gänsehaut den Rücken runter. Wie schön war es doch, so viel Solidarität zu sehen. Wäre da nicht der bittere Beigeschmack der Randale gewesen. Hatte ich eben tatsächlich gesehen, wie ein unbeteiligter Polizist beinahe zu Tode getreten wurde? Wie Geschäfte geplündert und fremdes Eigentum ruiniert wurde? Nein, das fand ich ganz und gar nicht gut. Meiner Meinung nach hatten sich schlicht gewaltbereite Menschen unter die friedlichen Demonstranten gemischt, die letztlich die gesamte Aussage der Demo gefährden würde.

Doch die USA ist weit weg und ich lebe in Österreich, - der Insel der Seligen. Hier würde es nie zu solchen Ausschreitungen kommen. Davon war ich überzeugt. Ich würde sogar soweit gehen zu behaupten, dass es bei uns diese Art von Rassismus gar nicht mehr gibt. Hier gibt es eine solche Spaltung einfach nicht. Gott sei es gedankt.

Als hätte er meine Gedanken gehört, rief wie aufs Stichwort ein guter Freund von mir an. „Mensch, mach den Fernseher an!", rief er aufgeregt ins Telefon. „Das musst du dir reinziehen. Bei den Amis geht's grad voll ab."

„Ja, ich hab es schon gesehen. Fürchterlich! Sie verprügeln jetzt sogar irgendwelche Polizeibeamte, nur, weil sie eben Polizisten sind. Das ist doch Wahnsinn!", stimmte ich in die beginnende Debatte mit ein.

„Wahnsinn? Quatsch! Gut so! Die sollen denen endlich zeigen, dass sie so nicht mit den Schwarzen umgehen können."

Ich runzelte die Stirn. Das konnte doch nicht sein Ernst sein.

„Und sie zeigen am besten, dass sie GEGEN Polizeigewalt sind, indem sie einen unbeteiligten Polizisten fast totschlagen?", polterte ich los.

„Tjo, wo gehobelt wird, fallen eben Späne. Hätten sich diese rassistischen Cops nicht jahrelang an den Schwarzen ausgelassen, dann hätten sie jetzt nix zu befürchten. Selber schuld."

Ich spürte, wie es heiß in mir hochstieg. Hatte er gerade echt gemeint, Gewalt mit Gewalt rechtfertigen zu können? Ich wurde wütend. Er auch. „Mensch, was soll der Scheiß jetzt? Auf wessen Seite stehst du eigentlich? Da kam ein Mann ums Leben, nur weil der Polizist ein Rassist war! Und du nimmst die Polizei in Schutz? Seit wann bist du ein Nazi?"

Jetzt war ich fassungslos! Noch nie hatte mich jemand als Nazi betitelt. Warum auch? Ich hatte nie etwas gegen Menschen aus anderen Kulturen.

„Sag mal, hast du sie noch alle?", schrie ich ihn wütend an. „Kein Mensch sollte totgeschlagen werden! Weder ein Schwarzer noch ein Weißer. Das ist keine Frage der Ethnie, sondern der Gesetze."

„Klar, aber für den Schwarzen haben die Gesetze nicht gegolten, was? Den konnte der Cop einfach so umbringen."

„Pfff, natürlich nicht! Was legst du mir da für Worte in den Mund? Aber die Sache muss jetzt vor Gericht geklärt werden. Und ich gehe davon aus, dass der Polizist sehr lange ins Gefängnis muss für das, was er getan hat. Man kann doch aber nicht einen anderen Polizisten dafür fast umbringen, dass dieser Eine etwas Falsches getan hat!"

So ging die Diskussion eine Weile hin und her und wir beendeten letztlich das Gespräch wütend. Jeder von uns der festen Ansicht, im Recht zu sein.

In den sozialen Netzwerken ging es inzwischen rund. Einige beschimpften die Polizei, andere den toten, schwarzen Mann, der ja „eh nur ein Verbrecher" war. Die User gingen sich gegenseitig an die Kehle. Menschen, deren Name nicht typisch Deutsch klangen, wurden sofort forsch angegangen. Man wollte ihnen das Recht, mitzudiskutieren nehmen. Natürlich mit der Begründung, dass sie ja selber „nur solche Ausländer" wären. Allmählich wurde mir angst und bange. Je mehr ich las, desto mehr kam ich zu dem Schluss, dass Österreich tatsächlich *keine* Insel der Seligen ist, sondern ich bisher nur mit Blindheit geschlagen war. Rassistische Untergriffe kamen von der einen Seite, wüste Beschimpfungen auf unterstem Niveau von beiden Seiten und kein Admin griff ein oder rief zu einem ordentlichen Umgang miteinander auf. Vermutlich waren die Seitenadministratoren aber auch nur heillos überfordert von dieser Flut an Hass und verbaler Gewalt. Unsere Gesellschaft teilte sich innerhalb weniger Minuten in zwei Lager. Und ich meinte herausgelesen zu haben, dass diese Lager „DIE und WIR" hießen. Vor meinem inneren Auge liefen Filmszenen aus Kriegsfilmen ab. Ich atmete tief durch und rief meinen Freund an.

„Hör zu, was der Polizist getan hat, verurteile ich aufs Schärfste und wir müssen tatsächlich was gegen Rassismus tun! Wir alle! Aber wir dürfen nicht zu genau den Monstern dabei werden, die wir verurteilen.", begann ich.

„Ja, du hast eh Recht. Ich war auch zu emotional. Natürlich hat der Polizist es nicht verdient, so vermöbelt zu werden. Aber die Demos sind gut und richtig. Dabei bleibe ich."

Wir waren uns einig, - im Internet blieb diese Einigkeit bedauerlicherweise aus. Ebenso wie eine anständige Gesprächs-kultur ausblieb. Mir wurde bewusst, dass die Zutaten für eine gespaltene Gesellschaft lauten: ein Mann, ein Polizist, der sich falsch verhält, ein Video und das Internet. Man werfe das alles in einen Mixer und schon brennt unsere Welt. Es war in den 1940ern einfach, die Menschheit zu spalten, und wir aufgeklärten Menschen denken, dass es nie mehr passieren könnte. Aber das ist falsch. Es kann jederzeit passieren. Immer und überall.

# Josephine König - Korrigiere mich

Mit Worten schmücke ich die kochenden Emotionen in mir aus. Aufgeregt sprudeln sie über, immer schneller. Alles will gesagt werden, als ich mich mit einer guten Freundin unterhalte. Alles will gehört und verstanden werden, damit ich mich beruhigen kann.

„Und dann nahm er einfach das Pizzazerteildings da und…"

„Du meinst den Pizzaschneider."

Ich hole tief Luft, nicke und brauche einen Moment. Die Welle der Emotionen ist abgeebbt. Aber ich bin noch nicht fertig. Schnell weiß ich wieder wo ich in meiner Erzählung stehengeblieben bin und spreche weiter. Bis ich mich wieder verhasple.

Und wieder unterbrochen werde. Meine Gefühle werden von neuen Gefühlen überlagert. Denn mein Gegenüber ist nicht in der Lage mir Gehör zu schenken, obwohl sie mich problemlos versteht. Also verstumme ich. War nicht so wichtig.

War es doch.

Ein Verhalten, welches uns schon mit der Muttermilch mitgegeben wird. Für mich persönlich immer dann am sichtbarsten, wenn jemand mit Migrationshintergrund in ein Gespräch verwickelt wird. In ein kurzes.

Wer in Deutschland keine grammatikalisch korrekten Sätze spricht, den Artikel verwechselt oder die Betonung falsch wiedergibt, muss blöd sein.

Sofort tritt das Bedürfnis in den Vordergrund, das Gesprochene zu korrigieren.

Die wenigsten erzählen da noch viel von sich, aus Scham. Gespräche enden mit dem Gefühl nicht gut genug, nicht wichtig genug zu sein.

Weil eine korrekte Aussprache wichtiger ist als das, was man mitzuteilen hat.

Dabei war jeder in einem anderen Land schon einmal fremd. Egal ob Urlaub oder längerer Aufenthalt, das schlechte Gefühl kennt jeder.

Wir stehen uns selbst im Weg, können scheinbar nicht aus unserer Haut.

Und sicher kann ich mich davon nicht ausnehmen. Gehöre nicht zu denen, die mit dem Finger auf andere zeigen können.

Sondern zu denen, die ungefragt verbesserten und Wörter langsam aussprachen. Bis ich bei einem längeren Auslandsaufenthalt fremd war. Meine spärlichen Englischkenntnisse reichten nicht für mein Abenteuer Down Under. Bereits auf dem langen Flug wartete der erste peinliche Moment. Viele peinliche und panische Momente sollten noch folgen.

Mit meiner muttermilcheigenen Mentalität und meinem Ehrgeiz war ich mir sicher, die Situation verbessern zu können.

War es doch auch das, was ich von anderen erwartet hätte.

Als ich in einem kleinen Ort Fuß fasste, Arbeit und Unterkunft fand und mich öfter mit denselben Leuten unterhielt, bat ich jeden um dasselbe:

Bitte korrigiere mich, wenn ich beim Sprechen Fehler mache.

Stattdessen musste ich irgendwann selbst feststellen, dass ich die meisten Sätze falsch formulierte oder Wörter verdrehte. Zu dem

Zeitpunkt konnte ich die Fehler zwar bemerken, aber ohne Hilfe nicht verbessern.

Aber wie oft ich auch darum bat, niemand schien mich korrigieren zu wollen.

Geradezu unerträglich für jemanden wie mich, der in Deutschland sogar korrigiert wird, wenn er sich nur emotionsgeladen verhaspelt.

Aber warum wurde ich nicht verbessert?

Weil man mich verstand, so die Antwort. Alles andere war für meine australischen Freunde und Kollegen nicht von Bedeutung. Und änderte sich nicht, als ich weiterreiste.

Weil ich verstanden wurde.

Zurück in Deutschland lag es an mir, meine guten Erfahrungen weiterzugeben.

Seitdem führe ich die lebhaftesten Gespräche, einfach indem ich zuhöre.

Für mich war diese Erfahrung ein Schlüsselmoment. Doch ein gutes Miteinander lässt sich leichter erschaffen.

Manche Werte müssen hinterfragt und überdacht werden, um die Gemeinschaft und das Miteinander der Zukunft zum Besseren zu ändern.

Denn noch eine Eigenart ist uns mitgegeben. Niemand wird gerne unterbrochen, erst recht nicht wir selbst.

Und schließlich möchten wir ja nicht unhöflich sein.

Wir wollen respektvoll behandelt werden und Gespräche auf Augenhöhe führen.

Und dazu müssen wir sie führen.

Ohne Unterbrechung, egal ob Landsmann oder Nichtlandsfrau, egal ob Wörter verhaspelt werden oder Zeiten und Artikel nicht stimmen.

Weil, Hand aufs Herz, wir sie doch verstehen.

Und jeder weiß, wie gut wir Deutschen deutsch sprechen.

Ehrlich. Kein Beweis nötig.

Lasst uns die Menschen und ihre Geschichten wieder in den Vordergrund rücken.

Es lohnt sich.

# Leonie Koch – Die Schere

„Wir wollen eine Geschichte hören."

„Ja, erzähl uns eine Geschichte, Steph."

„Lagerfeuergeschichte! Lagerfeuergeschichte!", stimmten die Kinder in einen Sprechchor ein.

„Gut, aber ihr wisst, dass eine gute Lagerfeuergeschichte immer gruselig sein muss."

„Jaaaa", rief ein Teil. „Oh", murmelte der andere.

„Wir sind doch schon groß. Her mit der Gruselgeschichte.", sagte der Vorlaute.

Sie saßen in einem Kreis um das kleine, lodernde Feuer herum, das teilweise bizarre Schatten auf die Gesichter der Kinder zeichnete. Die eine Hälfte schwarz, die andere züngelnd orange. Sie rückten immer näher zu Steph, der sich den Bart strich, so als würde er nachdenken - oder war es Vorfreude darauf, den Kindern einen Schrecken einzujagen? Naja, er würde es die ganze Nacht lang ausbaden müssen, wenn sie Alpträume hatten und zu weinen anfingen. Doch für ihn gehörte zu jeder guten Kindheit solch ein Gruselabend.

„Seid ihr bereit?" Ein langgezogenes Ja schallte Steph entgegen. „Ich warne euch, in dieser Geschichte kommen keine Vampire, keine Geister und auch keine verhexten Nonnen vor. Sondern das Gruseligste, das ihr euch vorstellen könnt..." Dramatische Pause. „Nein ihr könnt es euch gar nicht vorstellen. Es ist ... Die Schere."

„Eine Schere, ernsthaft. Ne Bastelschere oder was?" Das war die Ich-bin-zu-alt-für-diesen-Kindergarten mit ihrer hohen Stimme.

„Die Schere spaltet und trennt, zerreißt und zerfetzt. Wenn sie gewütet hat, ist nichts mehr so wie es mal war."

Das erste Jammern wanderte durch den Kreis.

„Sie kommt heimlich, still und leise. Schleicht sich an und - Waaaargggghhh!" Er riss die Arme hoch und stürzte sich zwischen zwei Kinder. Das Gras war noch nicht feucht, es war Mitte Juni. „Und treibt einen Keil zwischen euch."

Ein wenig Kichern. Sein Fall sah wohl etwas ungeschickt aus.

Das war die Einleitung und nun setzte er zur richtigen Geschichte an. „Vor langer, langer Zeit lebte die Urgemeinschaft der Menschen zusammen in einem Dorf. Die Menschen waren friedlich und das Leben ging seinen Gang. Nur eine Person, nennen wir sie das Wesen, wollte nicht zu dieser Gemeinschaft gehören. Das Wesen war nicht friedlich, es suchte den Streit, die Konfrontation und da es ständig anderer Meinung war, sonderte es schließlich von der Gemeinschaft ab und lebte allein in einer abgelegenen Hütte. Für eine gewisse Zeit kehrte der Frieden ins Dorf zurück und man hatte das Wesen vergessen, doch dann begann es, hinterhältig Lügen zwischen den Menschen zu verbreiten. Es war wütend, da es einfach vergessen und ausgestoßen worden war. Seine Unwahrheiten und Lügenmärchen zerfurchten die Gemeinschaft nach und nach. Jeder Schwindel hinterließ einen neuen kleinen Riss, jedes Hirngespinst Narben. Das Wesen selbst wurde immer dünner und immer blasser. Zur Jagd hätte es die Hilfe des Dorfes gebraucht. Und so bezahlte es den Preis für seinen Hokuspokus, den es verstreute. Von Zeit zu Zeit sahen die Kinder eine dürre Gestalt in einem bodenlangen, schwarzen Gewand durch die Gassen streifen. Doch sobald sie einen Erwachsenen dazu riefen, verschwand sie. Eines Tages schloss sich ein Teil des Dorfes zusammen und machte das Wesen, das inzwischen zu einer wahrhaft gruseligen Gestalt zusammengefallen war, für die

Spaltung der Urgemeinschaft verantwortlich. Für ein konstruktives Gespräch war es zu spät – wenn es überhaupt je möglich gewesen war. Für Worte hatte das Wesen kein Ohr. Die Menschen zogen los mit Fackeln und Steinen, um dem Spuk ein für alle Mal ein Ende zu setzen. Und als das Wesen das züngelnde Orange sah, das sich vom schwarzen Nachthimmel abhob, legte es voller Wut einen Fluch auf die gesamte Menschheit. Die Schere sollte ihr Werk vollenden, sollte die Menschen in Mann und Frau teilen, in schwarz und weiß, hell und dunkel, arm und reich, gesehen und unsichtbar, geliebt und verstoßen, auf dass die erbittertsten Streite unter ihnen ausbrechen, auf dass Lügen hin und her geworfen und Verzerrung und Verfälschung, ein Zerrbild, herrschen. Die Menschheit wurde gespalten und diese Spaltung ist schwer zu überwinden."

„Die Menschen sagen nicht Hallo zueinander?"

„Nein. Sie schubsen sich nur voneinander weg. - Die Schere packt sie und reißt sie auseinander. Sie sorgt dafür, dass Menschen ausgestoßen werden, vergessen im Alter und übersehen wegen ihrer Herkunft. Sie steckt unschuldige Menschen ins Gefängnis und lässt zwei Menschen das gleiche arbeiten und gibt dem einem nur halb so viel Lohn wie dem anderen.

Der eine beschimpft, der andere wird beschimpft wegen seines Aussehens.

Der nächste flieht, um sein Leben zu retten, der andere versperrt ihm den Weg mit einer Mauer.

Die einen lügen, die anderen lügen nicht. Niemand weiß, wer die Wahrheit sagt.

Wenn ein Junge ein Mädchen werden will, kommt die Schere und zerschneidet ihn, von oben nach unten, von links nach rechts und diagonal, sodass er zerfetzt, zerstreut und zertrennt ist und sich selbst nicht wiedererkennt. Er hat kein Gesicht mehr, das klaut die

Schere ihm. Denn der Fluch verhindert, dass die Spaltung überwunden wird.

Nach ihren Attacken verschwindet die Schere auf unbestimmte Zeit. Und genau dann, wenn man sich sicher wähnt, kehrt sie zurück, um ihre Opfer erneut heimzusuchen.

Dabei wächst die Schere ständig weiter. Die Menschen werden in immer mehr Lager aufgeteilt, doch es wird nicht mehr kommuniziert. Die Spaltung ist so tief, dass viele in den Abgrund fallen. Brücken stürzen ein. Und in diesem Chaos hinterlässt die Schere ihre Opfer, voller Angst und Furcht. Es herrschen Streit, Lüge und Verleumdung."

Eins der Kinder stieß einen horrorfilmwürdigen Schrei aus. Das Feuer züngelte sich in die Dunkelheit; so ein schöner Kontrast aus hell und dunkel, Leben und Tod. Kündigte sich die Schere so an?

„Spart euch die Schreie, denn die werdet ihr brauchen sobald die Schere da ist."

Tränen. Der letzte Satz war vielleicht zu drastisch. Das wird er sich merken müssen.

„Schläfst du heute Nacht neben mir? Ich will nicht getrennt sein." Einer der kleinsten Jungen klammerte sich an Stephs Arm.

„Du meinst wohl nicht gespalten.", sagte der Vorlaute. „Pass auf, dass die Schere dich nicht zerschneidet, in kleine Stücke spaltet, dich hin und her reißt."

Steph beugte sich zu diesem Spaßvogel hin und flüsterte ihm zu: „Habe ich erwähnt, dass die Schere unsichtbar ist?"

Dann stand er auf. „Doch wir sind nicht machtlos gegen diese Schere. Jeder Fluch kennt auch einen Gegenspruch. Wenn ihr den aufsagt, kann euch die Schere nichts tun. Hört gut zu:

Schere, Schere, weg mit dir

Uns zerschneid'st du nicht!

Wir halten alle fest zusamm'

Unser Band reißt nicht.


Schere, Schere, weg mit dir

Wir verfluchen dich!

Dich und die Spaltung, die du bringst

Wollen wir hier nicht."

Kaia Rose, als Juristin und vierfache Mutter führt die 1974 geborene Wienerin ein facettenreiches Leben. Ihre vielfältigen Eindrücke und Erfahrungen verarbeitet sie in Lyrik, Kurzprosa und Romanen. Zuletzt veröffentlichte sie die Schauernovelle »Schlechtes Karma« im Arunya Verlag und den Lyrikband »Das Lied des Regenbogens« bei PUTPUT BOOKS. 2018 wurde sie mit dem Wiener Werkstattpreis (Prosa) ausgezeichnet, 2019 errang sie die Ybbser Schreibfeder (Lyrik), Silber beim Lyrischen Lorbeer und Bronze beim 1. Mehlemer Pfiff (Prosa). Weitere Informationen unter www.facebook.com/kaiaroseautorin.


Marius Gugelberger, Jahrgang 1997, Chemie-, Pharma- und Biotechnologe, schreibt in seiner Freizeit gerne genreübergreifende Bücher und Geschichten. Sein Ziel ist es, ein erfolgreiches Buch auf dem Markt zu publizieren, jedoch haben Kurzgeschichten, die zum Nachdenken anregen, einen hohen Stellenwert bei ihm. Laut seiner eigenen Aussage achtet man zu wenig auf die Situationen anderer Menschen, was ihn beflügelte, seinen Beitrag zum Buch "Die zerrissene Zeit" zu verfassen.
https://mariusgugelberger.wixsite.com/mariusgugelberger


Daniel Mylow, Autor

Sabine Reifenstahl lebt in Mecklenburg. Durch die Teilnahme an Literatur-Ausschreibungen fanden viele ihrer Kurzgeschichten den Weg in Verlagsanthologien. Die Autorin entführt in fremde Welten und Grenzbereiche und wirbt für Toleranz.
Ihr Debütroman erscheint voraussichtlich 2020 im MAIN-Verlag, für ein anderes Herzprojekt, ihren Fantasy-Roman mit mythologischen Anklängen, unterschrieb sie einen Vertrag. Mehr unter: www.sabinereifenstahl.de


Finn Lorenzen, Autor


Manuel Bogner, Jahrgang 2004, Schüler. Der Beitrag ist die erste Publikation dieses Autors.


Wolfgang Breitkopf, geboren 1966 in Plochingen, arbeitet und lebt in Stuttgart. Von Beruf Diplom Verwaltungswirt, hat er 2004 mit dem Schreiben begonnen. Er liebt es auf diese Weise, seiner Kreativität Raum zu geben, und kann inzwischen auf zahlreiche Veröffentlichungen zurückblicken.


Janine Lancker, Jahrgang 1979: Magister der Literatur-, Sprach- und Kulturwissenschaften. In ihrem Buch „Weiße Frucht" (Verlagshaus Berlin) finden sich Lyrik, Kurzprosa sowie Adaptionen grimmscher Märchen. Zurzeit arbeitet sie an ihrem ersten Roman.Autorenprofil: https://www.literaturport.de/Janine.Lancker/

Gerhard Schönbeck, geboren 1979 in Salzburg, lebt mit seiner Lebensgefährtin und Inspiration in Wien. Von Ausbildungs- und Berufswegen im Steuerrecht verhaftet, hat er in den vergangenen Jahren seine Liebe zum Schreiben wiederentdeckt und zu kultivieren begonnen. Erste Veröffentlichungen in der Anthologie "Der Kreis der Zeit". Näheres unter www.gerhardschoenbeck.com.

Adi Halfon, geboren 1981 in Israel. Wohnt seit 2010 in Deutschland. Er hat ein Bachelor in Politikwissenschaft und Journalismus sowie ein Master in Weltkulturerbe. War als Journalist und Redakteur in Israel und Deutschland tätig, in den letzten Jahren arbeitet aber als Projektleiter.

Hans-Martin Große-Oetringhaus (Dr.päd.) hat zahlreiche Kinder- und Jugendbücher über junge Menschen in Afrika, Asien und Lateinamerikas geschrieben. Fast 30 Jahre arbeitete er als Referent für Globales Lernen der internationalen Kinderhilfsorganisation terre des hommes und hat Menschen in allen Erdteilen kennen gelernt und mit ihnen zusammengearbeitet. Darum setzen sich viele seiner Geschichten, Romane, Sachbücher und pädagogischen Fachliteraturen mit den Kinderrechten auseinander. www.Grosse-Oetringhaus.de

Tobias Lagemann, 1966 in Dortmund geboren, früh die Liebe zur Literatur entdeckt, 1981 die zum Laufsport, 1995 beim Open Mike Berlin gelesen, bei zwei Preisen unter den Top 5 gelandet, regelmäßige Veröffentlichungen quer durch alle Genre (mit dem Schwerpunkt Erotik), findet Filme spannend, hört viel Musik. Arbeitet n ach wechselvollem Berufsleben jetzt als Brief-/Paketzusteller. Mitglied bei Reporter ohne Grenzen. Glücklich verheiratet. Lebt ländlich in der Nähe von Aachen (NRW) ohne Auto & Fernseher. https://tlagemann.wixsite.com/website

Renate Schiansky, geboren 1959 in Wien, war 20 Jahre lang Sachbearbeiterin der Rechtsfürsorge im Jugendamt. Sie mag außer Büchern ganz besonders auch noch ihre Fotokameras, Sprachen, (alte) Landkarten und wäre am liebsten ständig auf Reisen. Finalistin des zeilen.lauf Wettbewerbes 2018 und 2019 in Baden sowie des Ralf-Bender Krimipreises 2019. Gewinnerin des Eyelands International Short Story Contest 2018 https://renateschiansky.wixsite.com/autorin

Julius Südhoff, Autor

Andrea Brenner, geboren 1985, lebt mit ihrer Familie in der Nähe von Wien und arbeitet als Büroangestellte. Ihr liebstes Hobby ist das Schreiben von Kurzgeschichten, von denen bereits mehrere in Anthologien veröffentlicht wurden.

Christian Mutzel wurde am 01.04.1990 in Schwandorf, in der Oberpfalz, geboren. Sein betriebswirtschaftliches Studium mit der Vertiefung Marketing schloss er an der Fachhochschule Ansbach mit dem Bachelor of Arts ab. Seit 2016 ist er in einer Online-Marketing-Agentur als Content Marketing Manager und Texter tätig. Aktueller Wohnsitz ist in Neckarsulm bei Heilbronn.

Nora Brandt, geboren 1986, lebt und arbeitet in Berlin. Sie studierte Deutsch, Biologie und Physik und war zunächst als Lehrerin tätig, später arbeitete sie als Redakteurin. Heute widmet sie sich ganz und gar dem Schreiben. www.kolorit.org

Monika Hürlimann (Jg. 1969) wuchs im kommunistischen Polen auf, wo sie das Kriegsrecht, die Solidarność sowie die Nahrungsmittelrationierung erlebte. 1984 emigrierte sie mit ihrer Familie illegal nach Deutschland. Nach dem Abitur in Kiel und Medizinstudium in Berlin ging sie in die Schweiz, wo sie bis heute lebt und in der eigenen psychiatrisch-psychotherapeutischen Praxis arbeitet. www.monikahuerlimann.ch

Maline Kotetzki, Autorin

Tiina-Maria Leinonen ist Finnin. Sie arbeitet als Physiklehrerin. Schreiben ist für sie ein beliebtes Hobby. Zuvor hat sie für ein finnisches Science-Fiction-Magazin geschrieben.

Matthias Rieger, Jahrgang 1979, Diplom-Handelslehrer, Autor, Lektor und Publizist. In seinem Verlag Traum³ publiziert er All-Age-Jugendliteratur, Fantasy und Thriller. Der Schwerpunkt des Verlags liegt in der Unterstützung neuer Autoren. Er lebt in der Nähe von Münster, NRW. www.traum3.de

Christin Feldmann (*1981) geboren und aufgewachsen im Sauerland ist Kunst- und Medienpädagogin, sowie Medienkünstlerin. Ihre bis jetzt veröffentlichten Kurzgeschichten sind alle als Teil ihrer Medienkunstwerke angelegt und greifen, neben mythischen Aspekten der Welt, aktuelle Ereignisse der Zeitgeschichte und ihrer Arbeit mit neuen Medien auf.  Als Künstlerin arbeitet sie unter dem Pseudonym Stella-learns-to-live und inszeniert in all ihren Geschichten und Kunstwerken das Mädchen Stella als Protagonistin.
https://stellalearnstolive.wordpress.com


Anton Elster, geboren im Jahr 1990 in Kiel. Nach anfänglichem Studium der Literaturwissenschaft verschlug es den Autor zur Forstwissenschaft. Er arbeitet als Förster in einem Waldgebiet im Norden Deutschlands und widmet seine Freizeit der Literatur.
anton-elster.webnode.com


Anne Moog, Autorin


Christine Kayser, Autorin


Jonas Thüringer, geboren 1997 in Wien/Österreich, wohnt und lebt seit jeher in Niederösterreich.  Im Jahr 2016 entdeckte er seine Leidenschaft am Schreiben und begann damit, eine Buchreihe zu verfassen. Seit einiger Zeit fertigt er nebenbei Kurzgeschichten an.


Mavie Woolf, Jahrgang 1977, Autorin mit Schwerpunkt Fantasy,
https://mavie-woolf-at.webnode.at/

Josephine König wurde 1992 in Baden-Württemberg geboren. Sie arbeitet derzeit als Praxistrainerin für Metallberufe und Rehabilitation psychisch Kranker. Sie arbeitete unter anderem bereits als gelernte Zerspanungsmechanikerin, Reinigungskraft, Chilipflückerin, Tomatensortiererin, Rezeptionistin eines Motels, Tellerwäscherin und nach ihrer Weiterbildung zur Industriemeisterin auch als Ausbilderin.Immer auf der Suche nach Inspiration verbrachte sie bereits neun Monate in Australien mit einem Work und Travel Visum, und arbeite drei Monate gegen Kost und Logie in Kanada. Wenn sie in ihrer Freizeit gerade nicht schreibt, verwickelt sie gerne Leute in tiefe Gesprächeund engagiert sich ehrenamtlich.

Leonie-Sophie Koch, Autorin

Zeitfracht Medien GmbH
Ferdinand-Jühlke-Straße 7
99095 Erfurt, Deutschland
produktsicherheit@kolibri360.de